我爱问连岳

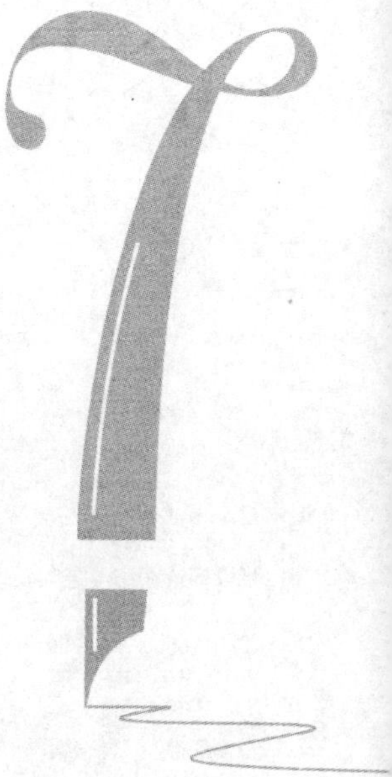

连岳——著

译林出版社

图书在版编目（CIP）数据

我爱问连岳. 7 / 连岳著. —南京：译林出版社，2023.9

ISBN 978-7-5447-9775-7

Ⅰ.①我… Ⅱ.①连… Ⅲ.①随笔 - 作品集 - 中国 - 当代 Ⅳ.①I267.1

中国国家版本馆CIP数据核字（2023）第 087790 号

我爱问连岳 7　连　岳 / 著

策　　划　郑燕平
责任编辑　王　玥
校　　对　蒋　燕
责任印制　闻媛媛

出版发行　译林出版社
地　　址　南京市湖南路 1 号 A 楼
邮　　箱　yilin@yilin.com
网　　址　www.yilin.com
市场热线　025-86633278
排　　版　南京展望文化发展有限公司
印　　刷　江苏凤凰新华印务集团有限公司
开　　本　890毫米 ×1240毫米 1/32
印　　张　11.875
插　　页　2
版　　次　2023 年 9 月第 1 版
印　　次　2023 年 9 月第 1 次印刷
书　　号　ISBN 978-7-5447-9775-7
定　　价　69.00 元

目 录

1 学业 · 职业

人生由一连串选择组成，选择的出发点错了，往往只能得到错的结果。

2 恋爱 · 婚姻

爱，是人类最有趣的本能。

3 家务 · 财务

家庭责任感，是一个人财富与运气的来源。

4 亲子·教育

家长与子女，教育者和被教育者，总会随着子女成长，发生角色互换。

5 人生 · 心理

让你变好的资源，都在你自己身上。

1

学业·职业

人生由一连串选择组成，选择的出发点错了，往往只能得到错的结果。

所谓体面*

连叔：

我想问下考研的必要性有多大？我弟弟是普通院校本科毕业，今年考研失败了，现在很沮丧。爸爸想让弟弟接着考研，希望他以后能有份轻松又体面的工作（我们是个普通家庭）。请连叔指点迷津，感激不尽！

*　*　*

普通家庭消费得起研究生教育，这是时代富裕的表现之一。研究生教育总体来说比较昂贵，金钱付出不少，时间成本更大。几年之后，有人相较于本科生，收入没有更高，机会没有更多，失望和怨恨就难免了。

普通家庭，与更富裕的家庭相比较，匮乏感强烈一些，迫切希

*　本书读者来信均为真实来信，存在语言表达不尽规范之处，为反映来信者真实状态，编辑仅做适度调整。特此声明。

望孩子通过接受更高等的教育带领家庭往上走。极端的例子就是所谓的“凤凰男”，飞出村子的那个会读书的孩子，他进城以后就不只属于他自己，而是要肩负为全家人、全村人提升档次的使命。而没人承担得起这个使命，最后大家都非常不愉快，这是理想与现实完全不可调和的结果。

大多数普通家庭的孩子，处境比凤凰男好一些，但是如果他们的认知出了问题，脱离了现实，最后的不愉快，也是一样。研究生毕业后，就有一份“轻松又体面”的工作，就是最典型的认知错误。在这种错误的指导下，财力、智力明显不足的人，拼命搞了个研究生文凭，结果可能连工作都没有。然后他们又认为，有个博士文凭应该可以“轻松又体面”，考上公务员应该可以“轻松又体面”，在读书、考试的路上走到黑。每次考试成功，“轻松又体面”都没有出现，于是他们就觉得有个针对自己的阴谋。寒门啊，阶层啊，不公不义啊，这些字眼就特别能够打动他。

你追求世上不存在的东西，怎么可能实现？

如何过上体面的生活？两个条件：一、不缺钱；二、品格与才能受人尊重。这两个条件都需要艰苦修炼才能得到。有文凭不是充分条件（有文凭就必然有体面），甚至连必要条件（有文凭或许有体面）都不是。

在知识社会，上大学是得到知识的重要途径，轻视大学自然是无知。而在大学教育充分供给的社会，文凭不难得到，有时间磨，总会有大学给你一纸证书。你若有钱有势，学历可以做得非常漂亮，太把学历当回事，也过于天真。

普通家庭最容易犯的策略性错误，就是以为他们之上的阶层，是不劳而获的——“轻松又体面”。自己也奔着不劳而获去，还没出发，气质已经猥琐，离体面又更远一些。就像普通人以为皇帝很舒服，为所欲为，想杀谁就杀谁。碰上几个想青史留名的愤青谏臣，皇帝做什么、对不对，他都骂一通；不砍他，自己难受，砍他，正合他意。而皇帝的儿子们，为了争夺皇位继承权，杀得你死我活。这些可怕的事情，在普通家庭里，还少一些吧。

普通家庭辛苦，其中的聪明人可以悟得出，每一个阶层，都有其辛苦。人性是相通的，任何好东西背后，都是激烈的竞争。体面是好东西里的好东西，怎么可能一纸证书就给了你？人往上走，有更高的学历，更大的力量，并不是为了躺倒休息，而是换一批水准更高的竞争者，不可能轻松。

辛苦而体面，这种人生是有的。去追求它吧。

发财之前，先要完成定位问题

连哥：

我29岁，小城市中专老师，工资低，周末兼职辅导初中数学。比较辛苦，没休息时间，兼职收入差不多能赶上正职收入。但感觉这样下去不是长久之计，毕竟兼职不稳定。想更进一步，就得对正职下功夫，需要各种考证、评职称，还需要考研。我是本科学历，在教育系统，这个学历很低；好在是985院校，所以暂时还能勉强撑住。人的精力有限，继续做兼职，正职就搞不好；不做兼职去考证考研，就缺钱，生活质量会降低。我现在学习劲头和脑子，各方面都不如学生时代。求连哥指点，接下来，我该专注兼职，还是专注提升学历，积累证书？

* * *

自己创业，辛苦、不稳定，但收入见长；学校这种的体制内工作，稳定、长久，是人生保障。这位老师的想法可能代表了绝大多数在这两者中摇摆的人。这种取舍很难，很多人一生都没有了断。同时兼顾的可能性在降低，一是时间精力不允许，把两件事同时做好的可能性不大，甚至极小；二是体制内工作越来越难揩油，基本禁止兼职。我看一些国企的考核指标，比私企还严格。

取舍是必须的，一仆二主的日子无法继续。

取舍主要是在思维上想清楚，不然的话，只在身体上做了取舍，痛苦仍然是双份的。你创业辛苦时，就想着可以去体制内混一混；你在体制内，不那么如意，手头有时比较紧，又以为自己创业可以发财。你老梦想着自己在另一领域是天才。这是取舍之前定位不清楚的后果。

你的定位是什么？定位清楚了，就容易聚焦，就不会摇摆，怨气也小。

人有两种工作状态，一是雇用他人，自我雇用，你是雇主；二是被他人雇用，你是雇员。体制内工作属于后一种，只不过雇主特殊，是政府。

被人雇用，一生的总收入大致可以算出来，仔细经营，不犯大的错误，中等生活水准是有的。即使是在一线城市，也能有套房子（还可以不停置换升级），无法多奢侈，但人格建设得好，顾家、宽容、温和，则获得幸福生活也是大概率事件。

你如果想发大财，人生定位是财务自由，只能当雇主，雇用自己，或者雇用更多人。这是有数据支持的规律，再多苦头也得吃。

德国在财富理论领域最著名的学者之一沃尔夫冈·劳特巴赫调查了中产阶层（中位数净值为16万欧元）、富裕人士（75万欧元）、高净值人士（340万欧元）、德国最富有的100人（15亿欧元）以及全世界最富有的100人（105亿欧元）后发现，德国64.5%的富人是企业家。“实证研究表明，只有那些自雇人士才能获得财富。没有多少证据证明财富能通过为雇主工作来创造。”德国最富有的一百人和世界最富有的一百人当中，95%以上都是企业家。

劳特巴赫得出的结论是：“企业家精神是创造巨额财富的必要前提。”

一个人既要体制的好处，又要市场的好处，定位都不准，显然不可能有企业家精神，连职业的忠诚度都没有，即使能捞到一点蝇头小利，人家也评价你气质猥琐，并非没有成本。

企业家精神，只能从完全的自我负责开始。

人是追求不稳定的物种

连岳老师：

您好！

关注您的公众号已经快一年了，受益良多，觉得很多道理都懂，可还是过不好这一生。

最困扰我的是做决定，我总是摇摆不定，在A和B中间不知道怎么选择，犹豫纠结把自己弄得痛苦不堪。我今年34岁了，985院校本硕毕业进入一家区事业单位工作。工作后结婚生子，孩子已经8岁。老公顾家，也在事业单位工作。我工作轻松，只是人际关系比较复杂，所以我一直想摆脱这个环境。一直在考别的单位，要么是没考入面试，要么面试没过，要么就是进了面试犹豫纠结放弃。逼近35岁，总觉得过了35岁一生就这样了，非常焦虑。

现在我拿到了上海一家大型国企的录用通知，待遇和现在我在武汉的差距不大，但是平台更大，学到的东西会更多，升职可能性未知。因为是下挂公司编制，而且担心国企人际关系复杂，以我的情商和个性——我是个老实做事不善交际的人——去了可能还是按部就班做事，升职没有太大希望。而家人都在武汉，长期两地也不现实。如果做了两年觉得也就那个样子，可能还是要面临回武汉重新找工作的问题。而武汉同行业的公司可能会更辛苦，而且待遇也不会上升多少，可能不如我一直待在现有事业单位的待遇。我自小就喜欢上海，如果说去上海工作，要租房，要贡献铁道部，物价生活成本更高，经济上是吃亏的，但是满足了我从小的上海情结。行业发展上，上海的企业肯定在前沿，能学到更多的东西，对职业发展会有好处。难以抉择，我该怎么办？

现有的工作做了十年，一直不喜欢工作氛围和事业单位的低效率、人际关系。但还是贪恋编制带来的稳定和安全感，一直踏不出去，也可能到了所谓的职业倦怠期。也想过只把工作当作赚钱的工具，把业余生活丰富一下，可能是我没有业余爱好，所以才把注意力集中于工作。但是工作上悬而未决，觉得其他事情都做不下去。

另外，现在婚姻也面临问题，感觉老公给不了我想要的关心，一直以来都是我妥协付出得更多，长期压抑自己的真实想法。时间长了天平失衡，感觉一系列问题都爆发了，相看两厌。想和他沟通，他只觉得我们两个问题无解。或者他觉得没有问题，他把注意力放在了孩子和自己的生活上，建议我也这样，说不定问题自然迎刃而解……我又觉得自己想出去是不是也是对婚姻家庭关系的一种逃避。好痛苦，我已经纠结了大半个月了。

纠结的yuzu

* * *

yuzu：

你的困惑大多数人不了解，但是我了解。我在机关待过，在事业单位也待过，最后把自己搞成自我雇用者。我在这两个单位都不是失败者，主业和副业甚至都不冲突，上班时间是写东西，自己爱好也是写东西。命运待我不薄，我不到30岁时，在厦门就有房子，仗着在报社工作，名字经常印在报纸上，在当地有一点点名气。按道理，应该和连太就那么安稳度日，一辈子并不会差。

但我像你一样，总有一些野心，认为自己应该写得更专业，应该去更大的平台，应该向更好的人学习。后来梦想成真，我去了当时最好的媒体《南方周末》，头尾待了两年，视野与专业能力得到大幅提升。我一直是里面业务水平一般的人，优秀的同事太多了，我比不过，但肯定也是属于称职的，不至于被淘汰，我该在里面一直待着才对。

那两年，我厦门广州两地跑，工资和稿费也交给了房东和航空公司。我多少属于享受型，没有住报社提供的宿舍，自己在条件比较好的小区租了房子。我也不认为工作应该牺牲家庭，隔十来天就飞回厦门，钱基本上花光；心里却不会焦虑，认定自己还处于挣经验、学本事的阶段。钱嘛，以后总会有的。

两年后，诱惑再次出现，必须再做选择：我是不是应该真正脱离某个单位（即使是当时最好的平台）彻底自由，和连太两个人谁也不依靠，单凭写作过日子？这在外人看来，是一个极其冒险的决定，也显得荒谬：我忙了一圈，回到原点，还几乎失去了一切。但我自己很乐观，很开心，觉得自己终于找到了定位，在此后的日子里，反而更专注。我过得不好，只能怪自己，外界该给我的机会都给我了。

我一直过得很好。当然，我的生活不是只靠写作，我觉得我的投资水平比写作水平高多了。这一切得到，离不开每天的努力，但最核心的技能是，每次让我选择提升自己、逼迫自己时，我都敢选，并愿意承担风险。人生就是一连串的选择，这是人的命运，逃避不了，躲在一个似乎安全的地方不选择，也是一种选择。

你一直想成为更好的自己。否则，就不会在轻松的单位一直考试，这种自找不轻松，就是不死的野心。个人的提升，人类的进步, 都是依靠这种不死的野心。总是想着更好一点, 更强一点, 到了武汉, 又想去上海。人其实是追求不稳定的物种, 在不稳定的冒险中, 我们的潜能与技能才得以生长。正因为是冒险, 所以人在选择前会有些害怕。

可以想见, 你去了上海, 还会有新的挑战出现。你的层次上升了, 你还要带领家庭上升, 其中又会有分歧, 又要想办法找到共识。选择不是一劳永逸, 选择是开启更多选择。你选择去上海, 最坏的结果如你所想, 是经济上吃一点亏, 回到武汉, 成本不高。那样, 你也并非一无所获, 选择过, 努力过, 但是做不到, 也没什么遗憾, 在以后的日子里, 你将更平静。否则, 你就将一直处于后悔的阶段, 老是在想: 要是那次去上海的机会我把握住了, 可能命运会大不一样吧。

祝开心。

连岳

不让一只蝴蝶干扰自己

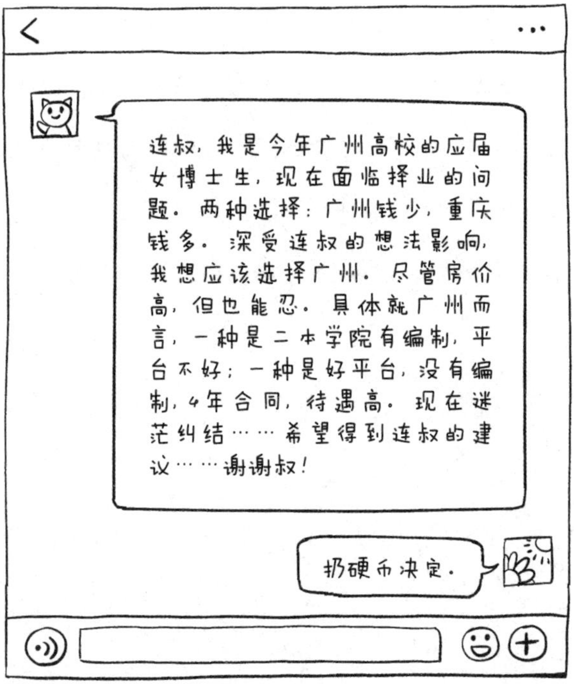

扔硬币？你可能觉得我在开玩笑。

我不是开玩笑，我是认真的。

你知道蝴蝶效应：一只南美洲亚马孙河流域热带雨林中的蝴蝶，偶尔扇动几下翅膀，可以在两周以后引起美国得克萨斯州的一场龙卷风。因为这优美又戏剧性的描述，我们对微小事物有了更多的尊重。

但是不要尊重过度，那会让我们陷入惊恐，在选择困难中无法脱身。亚马孙雨林中，不只有一只蝴蝶，会飞的昆虫无数。事实上，任何一次翅膀的扇动都没有那么重要，都是可有可无的小事。生活中大多数选择也是如此，像这位博士一样，选A也行，选B也行，各有各的好处，半斤八两。

人是理性动物，需要因果关系喂养，做一个选择，因果不明确，就会难受，有饥饿感。一位姑娘，今天要穿裙子还是穿裤子，犹豫半个小时，决定了裤子，又在黑裤子与灰裤子中为难，拿不定主意，又回到裙子中选择。任何一个潜在选择，都有其魅力，不想放弃，这造成了选择困难。

挑选衣服的选择困难，还给姑娘带来一定的愉悦感。大多数琐碎的选择，是让人痛苦的。“你中午想吃什么？”“随便。”你一听就火大：“不许随便！”然后，就在吃饭还是吃面，肯德基还是麦当劳这种选择中耗费时间，最后莫名其妙吵一架都有可能，生命这样浪费掉，很可惜。

这类半斤八两式的选择，不能随便，那毕竟会让问话的人抓狂。如果对方恰巧又是你的女朋友，后果就会很严重，真会生成龙卷风，一定要给出一个肯定的、意志坚决的答案。

这时候，扔硬币法能助你脱困。A与B两种选择不相上下，那就让一个细微的因素增加其中一种的权重，硬币选了A，你就专注描述A的好处。你想赋予这种选择其他含义，比如命运、第六感、超自然的启示，我都不反对。它似乎听起来更神秘，但实际上并没有，它只是让一种混沌的状态明确，强行给意义，停止它消耗自己的脑力。

当然，在外扔硬币也不方便，这时候有变通的方法。

周六看电影还是周日看电影？周六！

假期去香港玩还是去上海玩？香港！

我们喝茶还是喝咖啡？茶！

上面几个问答的规律是，都选择排在第一位的选项，你定下这个原则，然后告诉自己理由：它之所以排在第一位，是潜意识觉得它更重要。这样就没有选择困难了。当然，你也可以专门选后一个选项，也可以给理由：它之所以排在最后一位，是理性让它最后显现。理由不重要，重要的是你给了自己理由，并且毫不犹豫。

人生宝贵，不要浪费在无关紧要的选择当中。罗马帝国有法条，禁止行政长官过问鸡毛蒜皮的小事，否则要问责。关注点太琐碎，就会失去大格局，于帝国不利。你自己的人生，比罗马帝国重要，你就是自己的帝国，生活中有大量鸡毛蒜皮的小事，有无数半斤八两的选择，学会不给予过多关注，迅速从中脱身，是很重要的技能。

发不完的君子财

连叔：

您好。

我最近入职一家新公司做销售。这家公司做的是在电视台投放药品广告引导人们电话订购药品的业务。他们的广告内容夸大其词，明明都是一些需要长期服药的慢性病，非要说能彻底治愈（例如：糖尿病）。包括我们在给打进电话咨询的患者推销的时候也有在夸大药效。我现在内心有愧疚感，但薪水非常可观，我如果离开这家公司大概率找不到能给到这个薪资的工作，所以自己也很犹豫。不知道是走还是留，希望连叔能给一些建议。

北国列车

* * *

北国列车：

你当然应该走。现在不走，再过半年，估计就走不了了。

商业行为，默认的前提就是诚实守信。我们说，人要赚钱，钱是好东西。这话的前提是你要诚实守信。骗来抢来的钱，到了你手上，也不是你的钱，那不是商业行为，是犯罪。

市场经济之所以成为主流经济模式，人类从而进入高速发展的繁荣阶段，这和多数人逐渐明白诚实是上策有关。中国人自古以来，就会做生意。诚信为本，和气生财这些原则，我们都不陌生。所以与同时代的其他国家比，中国也一直是个富裕国家，相对贫穷的时间很短，穷到极点，改革开放三十年，一下又成了世界第二。三十年只不过是一瞬间，再过几个瞬间，财富再次领先，怎么不可能？

矛盾的是，中国人的评论里，又存在大量对金钱、对商人的贬低。对钱不感兴趣的人设，仍然极具欺骗性。这可能有两个原因，一是人有贬低领先者的冲动，即所谓的嫉妒心，尤其不能接受熟悉的人比自己过得好。二是骗子们更需要这些评论，骗子内心会有道德冲突，他们要一再说服自己：有钱人都很脏，发家都是靠欺骗，所以我骗人也没什么大不了的，是正常的。最后，道德冲突消失，心安理得地骗人，连对家人和好友都可以毫无顾忌地下手。

你半年以后离不开骗子公司，并不是公司将限制你自由，警察也不会抓你，而是你完成了自我说服工作，内心再无道德冲突。中国有很多公司像你供职的这种，基因就是邪的，自己明知在骗人，但用话术，用精心设计的法律文书，包装与稀释骗术，最后能上电视台，能上搜索网站。法律的惩罚总是事后的，事情不大，争议空间却大，法律往往动不了它。但人们自会得出判断，不按照法律，他们也可以断定你是骗子，会用鄙视你、孤立你的方式惩罚你。时间拉长，骗子最后总是输家。正如那句著名的话所说：你可以暂时骗所有人，也有可能永远地骗一些人，但你无法永远骗所有人。

一个人要走得远，根基要正，这样才能保有并享受自己的财富。这点孔子说得好："富与贵，是人之所欲也，不以其道得之，不处也。"富贵都是人人想要的好东西，这是孔子为财富与地位正名，追求它们极为正当，合乎人性。但是追求应该合乎正道，正道就是诚实信用。己所不欲，勿施于人。对人对己，同一个标准。自己卖药，就得按买药人的标准要求自己。这样的富，才是正道的富。这种君子财，可以永久发下去。

当你发现老板是骗子，公司在欺骗，第一时间离开是唯一正确选项。"不以其道得之，不处也。"正道发财的阳光大道，宽广无边，聪明才智用在这里，君子财都发不完，何必为了暂时的诱惑去走骗子的独木桥？当骗子表面上看是道德问题，其实是智商问题。

祝开心。

连岳

生活是遗憾的艺术，如何随机应变

连叔：

您好！

今天是第一次给您写邮件，原因是今天收到了《我爱问连岳6》，才知道了邮箱地址，以往留言也时常得到连叔的回复，在此表示感谢（我成为连叔的读者两年了）！

连叔，今天想探究的是，一个人做自己、做销售的原则性问题。我目前的职位是售房部销售，目前纠结的问题是，产品有底价，公司给出底价，叫大家以底价成交；而总是有同事，会一再地申请更低的价格。更让人不解的是，每次领导都破了所定的底价，好像没有底线一样。这样对于我来说，有三个困扰：一、对不起自己的客户。客户是因为相信我，相信我帮他省了钱，相信自己买得很划算。破了底价，再次成交客户时我没有自信。二、觉得领导无底线，无原则，不是一视同仁。其实，我是那种只管把事做成，不太会去求领导，同领导聊天寻开心的人。可能这是我的问题，但也是我的纠结所在。三、价格不统一，不仅失去客户的信任，团队之间也缺乏互信。但是，我今天跟领导表示这不公平，他的回复是："哪有那么多公平的事情，把货卖出去，把钱赚到手就可以了！"突然觉得我和领导不是同类人。

连叔，您常常说要去赚钱，毕竟钱可以解决很多问题。但真的是把钱赚到手就可以了吗？不用考虑别人，一个团队不用统一底线吗？可能我还达不到经理考虑问题的高度。我揣摩领导的想法是：在这个团队，不管谁卖，只要卖出去货就是好的，只要有客户要买，便宜点也可以卖。当然，销售是有业绩和回款压力的，领导这么做也可以理解。

今天晚上下班走在路上的时候想：这个世界大概有很多种挣钱的方式，其中一种是在关系中促成事情，一种是在事情上搞好关系。我愿意选择后者。

我的想法是：领导今天对这个好，明天对那个好，给张三说她是好的，给李四说她是好的，这样对每个人都不错。很多事上我很感激他，但是这样真的好吗？如果建立统一标准，定好规矩，定好底线，大家都遵守规则，不遵守者受罚，不是更好吗？成长不是应该建立在内部统一、公平竞争的前提下吗？连叔，是我不懂得变通，不会做人吗？

连叔，这个世界没有绝对的公平，在《我和连岳一起成长》一书里也有讲解。我接受每个人命运的安排。连叔，目前我只做到销售员，没有做到管理或者运营。我想请教连叔的是，在赚钱和销售的问题上，需不需要对自己以往给客户的承诺负责任。

爱您的小树苗

* * *

小树苗：

销售几乎无门槛，但销售又前途无量，做得好没有天花板。差的销售令人生厌，好的销售却可以成为朋友，其中的区别就在于好销售总是想着为客户创造价值。

你会成为一个好销售的，因为你急切地要为客户创造价值，自己的客户没有买到最低价，你有些生气。这种激情将使你不停为客户挖掘出更低的售价，也会为你赢得更多客户的尊重。你现在的生气不是坏事，有时候，让我们生气的事指导我们前进的方向。

从你的描述来看，你们公司的房产销售有若干个折扣等级，你的领导（应该是销售部的头）掌控一个折扣权限，在其之上的领导，可能又有更大的折扣权限。这在房地产销售中，并不少见。不违反现行法律，一个公司的策略又是如此，并没有什么可责怪的。很多消费者看中了喜欢的房产，也会想尽办法找到公司高层，以求更大的抵扣，没这门路的消费者，也不会有怨气，这是消费者之间的竞争。

到你将来掌握销售决定权时，你可以根据你的想法制定销售策略。而当务之急是吃透现有的销售策略，为自己的客户争取更低的价格。在现有条件下，让自己的力量与利益最大化，这才是一个务实的理想主义者。

我给你举个例子，一个随机应变的房产销售是如何为客户创造价值的。

我在买一处房产时，找到公司高层打了折。确定意向后第二天，隔壁的房子也有买主，购买者很牛，可能有公司最高层的关系，折扣更大。恰好接待他的销售员也是我的销售员，她马上对这个客户说，你的优惠也给邻居用一下吧？这个邻居很慷慨，爽快地答应了。她于是马上跑流程，为我省了一笔钱。不仅如此，这还为将来的睦邻关系建立了基础，我还没入住就受人恩惠，未来当然要表示感谢。后来，经我手给她介绍的生意，做成了两单，因为让朋友认识一个好销售，也是极有价值的事。一个创造价值的人，是让所有人获益的。

这种随机应变怎么用在你身上？你要去榨出领导的最低价，

在这点上，那些善磨善泡的同事，其实帮了你忙。你可以用他们更低的价格去和领导谈，没什么可怪他们的，说服领导，也是销售员的本事。事实上，你们是在协同作战，逼出领导的最低价——一定有这样的价格。毕竟，他无法0元赠送房子。

商业是遗憾的艺术，人生也是如此。倒回去想，任何一个决定，我们都可以做得更好，但在当时的条件下，尽了力，就得接受，不必责怪自己。我们遇见的许多事，许多人，都不符合我们的理想状况，这是遗憾。在这遗憾的基础上把事做成，把事做好，才是我们的责任。恰恰是这种遗憾，逼迫我们改变想法，找到新路径，从而也提升自己的能力。当我们不苛求他人按我们的方式行事时，就真能学会随机应变，针对不同情况做出不同应对，为客户创造价值。

祝开心。

连岳

找工作的出发点错了，只能得到错，得不到工作

连叔：

你好！我比你只小几岁，还是愿意尊称你“连叔”。这几天我和女儿都很苦恼，想请你给我们提提建议。女儿是普通本科学生，面临毕业，要么参加银行的秋招考试，若考上只能留在小县城；要么先不工作，破釜沉舟尽力考研。一年不成，多考几年好学校的研究生，因为考金融专业的研究生尤其好学校(211)的，竞争非常激烈，她没有把握一下子考上。目前来看，名校研究生毕业有机会留在城市的银行，可是几年以后能不能留在大城市的银行就难说了。女儿性格内向、身体弱，她一方面不喜欢小县城，另一方面又怕要好多年才考得上研究生，到时年纪大了。现在处在很纠结的阶段，是去参加银行秋招考试，将来留在小县城，还是不工作一心一意复习考好学校的研(她有室友就是这么做的)？期盼连叔给我们建议，谢谢！

神话之旅

*　*　*

神话之旅:

你女儿的苦恼，在大学毕业生中有普遍性，尤其是非名校毕业生。

最难找工作的一群人，其实就是非名校的大学毕业生。他们的位置很尴尬，在家长及自己的认知中，是大学生，所以要找一个匹配大学生的工作。譬如所谓的有地位、有编制、稳定的，最好还是高收入的机关事业单位、大国企。而这些雇主，又比较瞧不上他们。因为，有同样想法的名校大学生很多，雇主当然挑更好的。

这种选择错误，就是不理解供需关系（经济学存在于生活的每一个选择中）。你找工作时，选择了需求少但供给多的不利项目，作为供给者，自身的条件又一般，成交的可能性很低。为了成交，只能接受极低的报价。比如有些执着于编制的大学生，只能接受去偏僻的乡镇工作，然后基本锚定在当地，折腾进县城都不容易。喜欢这种状态另说了，但是喜欢的人可能真不多，就像你女儿，在小县城工作都不愿意。

你女儿的另一种选择，拼一个985、211之类的名校研究生，对不对呢？

我们来看看两种可能的后果，一是考不上。这么说不吉利，但是分析问题，必须列出这种可能，这种可能性还挺大的。她考研的竞争对手有哪些？所有和她做了同样选择的非名校本科生，以及名校本科生。她的胜算不高。考不上，处境就更尴尬了，浪费了一年或几年时间。作为劳动力供给者，议价能力更低，雇主更嫌弃。再加上考试失败的沮丧，或许就变得恐惧社会，转眼三十岁，只好啃啃老。在这个年龄段同时应该开展的恋爱与婚姻计划，估计也被牺牲了。到时候，所有困境同时涌现，又无法可想，更无法行动。人生就太被动了，而且极可能一直被动下去。

如果夙愿得偿，考上名校研究生。来分析一下她毕业时的情况，你将会发现，现在的不利情况照样存在。竞争会更激烈。因为有了研究生身份，对职位、薪资的要求自然更高；这种工作机会少，竞争对手除了研究生，还有出色的本科生。而且人事专员早进化了，既然很多找不到工作的非名校本科生搞了名校研究生的文凭，同等情况下，用第一学历筛选。再加上一个现实的因素是，研究生毕业的女生，成家生育的需求很迫切。你是雇主，也会倾向于少用她们，尤其是无任何工作经验的职场新人。这真是站在坑里挖坑，几年后，要爬出来更难。

失业是主动的，而不是被动的。失业者，不是因为没有工作机会，而是因为没有他们想要的工作机会（比如事少钱多地位高），愿意放下身段，工作比比皆是。

大学生找工作，尤其是非名校的，放下身份与专业的束缚是首要的。如果以你的大学、你的专业找不到工作，那就证明你的大学和你的专业供给过剩，你没有资格按照自己的美妙计划挑工作。而要倒回来想，什么工作需要你，你就从事什么工作。不要怕起点低，更要接受转专业，除了搞学术，你大学的专业和你的工作多半没有关系。就像老洛克菲勒在不景气时照样很好找工作：他对雇主说，把你工资最低的、最辛苦的那个职位给我。得到最基本的工作后，他不停主动替雇主解决更大的难题，迅速升迁。

愿意吃苦，工作到处都是。不愿意吃苦，老盯着高大上的工作，就没有工作。很多人找工作，在这个出发点上就错了，自然越走越错。

祝开心。

连岳

爱让你不满足

连叔：

你好！追你的文章快两年了，汲取了很多精神营养，真的很感谢！

想给你写信谈谈心很久了，今天终于能把心里的困惑表达出来，希望能得到指点。

我今年34岁，2008年大学本科毕业，因为学校是985，毕业时签了一份工作，事业单位在编职工，一直干到现在没有变更。孩子5岁了，一家三口生活在西北的一个地级市，父母在县城生活，离得不远。这里的经济状况一般，没有几家像样的工厂，以苹果种植和畜牧业为主。近些年来，当地在大力发展旅游业，因为地处山区，也有些风景。只是本地人口有限，交通不便，没有动车和高铁，外地人不多，旅游业便半死不活。

这个小城市，近年来随着城镇化的推进，大量的农民进城，房价快一万了，城里流动人口很少，除了在企事业单位上班的人之外，就剩下小孩和老人了。典型的西北黄土高原，夏天凉爽一些，秋冬干燥而寒冷。在这个地方生活十多年了，尤其是近几年来，我越发感觉到缺乏生机和活力。

那几个数得上的一线城市西安、成都等，这几年我都去过，以前觉得这些大城市有啥好的，除了拥挤、紧张，没有别的，还是我待的这小地方安逸宽松。可是近两年来，我没有这样的坦然了。随着国家城市化进程的进一步加快，我所在的地区，持续地人口流出。国家关于核心城市及都市圈的建设规划早已出台，我所在的城市虽然在关中平原城市群内，但是，西安的外溢效应还远远辐射不到，这个城市的定位主要是生态和旅游。我有一种不安，随着国家的发展，这个地区的人会越来越少，这个小城会越来越不景气。环境不景气了，生活在其中的人们，日子也不会有啥好光景吧。

再说说我自身吧，虽然参加工作好多年了，但是职业前景惨淡。因为我在事业单位上班，专业技术岗位，能晋升的机会很少，大多数人都是平平凡凡熬一辈子，赶退休能混个高级职称。近来，我萌生了离开这里的想法，去社会环境和自然环境更好的地方，带着老婆孩子。由于只有本科学历，去外边很难找到一份像样的工作，所以，我想到了考研。再读个硕士甚至博士出来，既能去前景好的城市，毕业后又能找一个不错的工作。当然寒窗苦读，其实也很难。

我是这样想的，如果真考上研究生的话，我把现在的房子卖了，能兑现一百万。读书期间，一家三口的吃穿用度，孩子的上学费用，也肯定用不完。拿出一部分，在新的城市买个房子，交首付。爱人可以找一份工作，收入可以来还月供。苦几年，等我学成毕业，有了收入，也就苦尽甘来了。

这是我现在的想法，但是有好多顾虑：1. 岁月不饶人，现在记忆力和学习能力大不如以前了，要考上研究生，肯定需要付出很大的努力。考研，今年来不及了，好好努力，看明年咋样。真正考上研究生，毕业的时候已经快40岁了，这个年龄还有用人单位乐意要吗？2. 孩子明年就要上小学了，要是去新的城市，上学也会遇到困难。3. 我这些担忧和不安是不是杞人忧天？就保持现在的状态，安安稳稳待着，把孩子培养成人，就是最大的成功？想离开的想法我跟父亲谈过，他说，我放着现在的好日子不过，为啥要选择最难最苦的一条路，人一辈子，平安是福……

我只是不甘心，现在孩子还小，我也不老，不甘心就此了却一辈子。毕竟，好一点的城市，对于我们自身以及孩子的发展会更好。但是，还是很困惑，真正去了新的城市，生活会比现在的好吗？是不是只是想着好罢了，或许不管在哪里，都是平凡的世界！迫切地想听听你的看法，希望得到你的指点。

一只小小鸟

* * *

一只小小鸟：

即使你的生活没有发生任何改变，你今天的困惑与痛苦也很有价值。将来你的孩子大学毕业，你就会强烈支持他在大城市找工作，不再走你的路。家庭的进步体现为观念的进步，你父亲的观念在县城，你的观念在地级市，你支持孩子到发达城市。你的孙子，他在发达城市出生长大，在新平台上，没了任何前辈的选择苦恼。如果你的观念没有进步，你将来很可能拉孩子回小城市，重复你的人生，你们就会浪费一代人的时间，甚至数代人停留在某个阶段，无法进步。

你对未来经济的判断，很准确。人口持续流入的城市，就是将来经济的高光点。人口增加，带来更多需求，更细分工，随之而来的是资金的增加及机会的增加。这个过程不停自我强化，形成城市化的马太效应，强者越强，弱者越弱。这规律不以个人的意志和情感为转移，一个人再爱自己的故乡，最后没人、没工作，他也得含泪离开。中国的好城市很多，除了许多一二线强势城市，几乎每个省都有人口持续增加的城市，如果走得太远、变动太大超过了你的承受能力，就近进入好城市也是可行的选择。

人生的意义要想，但不能想得太大太远。想一百年后，99.99%的人殊途同归，我们死亡，将构成身体的原子还给宇宙。我们的存在就像没有存在，我们几乎没有影响人，没什么人有义务记住我们。就是自己的后裔，三四代之后，某个祖先也只是家谱上一个名字而已。想一千年后，就是皇帝，就是当时左右时代的人，也多被遗忘了。这么想，则好与坏，凡与圣，我与你，那时与这时，此地与彼地，大城市与小城市，都没有区别，都是虚无。

人生的意义要想小的一点，此生怎么过得更好一些？怎么让自己爱的人更幸福一些？这么想，就觉得宇宙这一百三十八亿年以来，交给了你独特且唯一的任务：恰好一些原子构成了我，恰好一些原子构成了妻子和孩子，永远不会再有同样的构成。这短短的一瞬间人生，我们不是应该珍惜每一分钟相爱吗？而爱要落到实处，离不开更好的物质，更多的机会。所以，尽管死亡会剥夺你的一切，但你一生仍然很努力，这是爱的本能。只要你爱着谁，你一定不会虚无，你也一定不会满足。

就像你一样，不过34岁，已经实现了父辈们一生难以企及的成就：受过好教育，一份稳定体面的工作，价值百万的房子，以及岁月静好的生活。如果你54岁才实现这些目标，反而没有困惑，正因为你早早完成了父辈们一生才能完成的任务，你的不满足才会产生：我油箱还满，我和家人应该有更远的旅途，看更美的风景。

这份不满足是一种引导，顺应它，先迈出一小步就行。你想考研究生，那明年就好好备考，至少你可以重拾学习能力，让生活更充实，没什么损失。考上了，再说呗。那时会有更急迫的问题出现，一个一个解决就好。先变化，让事情动起来，事情本身的逻辑会让你一步接一步往前走。就像写文章一样，写之前，想清全文是不可能的，写完第一句，第二句出现，直到写完全文。

祝开心。

连岳

世上无快钱

连岳老师：

您好！

我是一名二胎妈妈，关注您的文章好几个月了。

我是一名1970年代末出生的人，比您小七岁。现在有两个男孩，一个12岁，一个1岁。40岁要的老二，是因为老大从幼儿园起就在我旁边嚷嚷着要个宝宝陪他一起成长，我原来是坚决不要的。因为老大的坚持，我要了，但是也因为有了老二，各种压力和矛盾都朝我涌来，让我有点喘不过气来。

我老公比我大一岁，一直自己做生意，但是十来年了，基本没有盈利多少，更不用说拿回家来了。现在贷款有近四十万，还有别的债务。前几年让他出去找个地方上班，学点东西，再慢慢找合适的项目自己干，就是听不进去。

我大学毕业后就从事销售工作，虽然参加工作二十年了，我依然是单纯善良，不会玩心机。有了老大后，为了方便照顾孩子，2008年我选择了从事保险行业，一直到现在，过程很坎坷。从家人朋友的不支持，躲着我，到主动找我咨询保险、加保做全家的保单。因为我的单纯和专业（我能站在客户角度，为客户着想，推荐适合他们的最佳产品），我的客户慢慢多了起来，他们对我很信任并给我介绍亲朋好友。我也在公司当了几年的主管，并成为公司的四星导师。虽然没有挣太多钱，但是维持生活还是可以的。

因为有了老二后经济压力太大了，我急于想多挣点钱改变自己的困境。这时我的区总跳槽到一家中德合资的公司，在我们这个城市筹建分支机构。我分析一下后感觉是一个很好的机会，可以借机职位升级，组建一支大的团队，提高收入。三个月的筹建很累，效果也不是很理想，因为公司刚成立五年，知名度低，客户大多不认可。加之新公司人员关系复杂，利益为重，没有走扎实做基础工作的路子，团队的人员大多很快离开了。辛苦大半年，只得到了教训。在此期间，我既要辛苦工作，中午还要回家照顾宝宝两三个小时让婆婆休息一下，晚上更不敢出去开展业务。因为婆婆说身体不好，不想看孩子，周末更是我自己照顾两个孩子，每天只睡五六个小时，高度压力，让我一度焦虑不安。偏偏孩子爸爸不理解，婆婆也找理由回老家了，这让我一度抑郁甚至自杀，感觉自己活得真累真窝囊。后来我坚决要离婚，老公才意识到问题的严重性，改变了。看着幼小的孩子紧紧地依偎着我，我不忍心，只好改变主意。好在现在婆婆回来了，老公也理解体谅多了。

但是我的保险工作因为领导规划有误，关系复杂、内乱严重；家事纷扰，母亲又突然离去，让我再也没有激情了。现在保险行业，做大团队很难(客户都是业务员了，留存很难)，做业绩吧，都返佣金，除去费用、个税基本没有什么收入了，后续还要对客户一直维护下去，也要投入。家里开支还很大，我家的保费一年就有十几万，我现在不知道何去何从。

曾经我也去尝试过保健品直销行业，发现自己太理性，不会煽情拉拢客户，我自己内心也讨厌各种快销模式，只想实话实说，用专业服务客户。

连老师，您帮我分析一下，像我这样马上42岁的二胎妈妈，以后如何规划自己的事业，是坚持保险行业还是转行？宝宝小，大人精力也有限，目前家里还急需有份稳定收入维持生活。

一个迷茫的二胎妈妈

* * *

迷茫的二胎妈妈：

挺可惜，你曾有金饭碗，但你扔了，不过，仍有机会捡回来。

太多人毁在所谓的挣快钱上。不瞒你说，每年都有些人想教我怎么挣快钱。这种现象，将来也不会灭绝，世上并无快钱，然而快钱正击中人性的弱点，再加上认识缺陷，它成为人最大的敌人，甚至耽误了许多人的一生。经营公司，并无什么秘密，也快不了，在工作里流汗，大年多赚一点，小年少赚一点，就很幸运了，这样都嫌慢就是嫌死得不够快。

我见过两个信任的朋友，在饭桌上得到资讯，彼此合作，就有了数十万的利润。从这个瞬间来看，他们赚钱很快。但我更知道，他们建立彼此的信任，相信对方绝不可能坑自己，花了半生的时间。他们有大笔资金可用的投资实力，也是因为在商场摸爬滚打半生，辛苦、眼力、见识，一点功课没落下。把这些前期工作算上，那算什么快钱呢？那是很慢的钱。太多人只见到烟花绽放的瞬间，看不到工厂制造烟花的乏味。

我生活压力大，我要养家糊口，我想改造世界，我有情怀，所以，我要有快钱，而且世界必须给我快钱，否则，就是世界出了错误。这种声音很大，而且还能包装得很动情很漂亮，但它的本质永远都是噪声，屏蔽了，你耳朵安静，你内心安定。你有再好的理由，世界都不会给你快钱。你只有让别人好了，钱才会来。只想着自己好，钱不可能来。

让别人好，就是提升自己的能力，就是为人创造价值，就是考虑合作者利益，就是取得他人的信任。这些活，哪个快得了？都慢得不得了。当然，你可以找到特例，比如中彩票大奖的，但人不可能靠这种极小概率的运气生存。事实上，对那些中大奖者的追踪调查发现，他们很快把钱败完，恢复贫穷。也就是说，迷恋彩票和运气的人，他们的能力与智慧，并不足以让他们掌握一大笔钱。

绝大多数人，尤其是我们自己，要按规律走，这样才能越来越坚持，也越来越轻松。人生滚雪球，靠复利，即使有很多雪，很长的坡，你开始的雪球也是小的，你也得一米米滚。就像你开始卖保险，站在客户角度，真正为客户着想，推荐适合他们的最佳产品，足以维持生活。这本来是了不起的成就，雪球已经滚到质变的临界点了。继续按原来的路线滚，维持生活之后就有盈余，钱就要加速了。然而，此时你认为自己“单纯”，放弃了，要按快钱套路走，自毁积累与信任，实在是太可惜了。

事实证明，你过得更难了。这个难好，可以让你回归价值，像原来一样，单纯一点。为客户发现价值，为客户创造价值，你不违背自己的内心和价值观，心情舒服，不至于生出心理疾病；同时，又能养家，多美好的事。还来得及，美好的事情，不会有迟了这一回事。

人性就在我们自己身上，最好的商业秘诀、策略方法，都藏在我们自己身上，你是喜欢真诚为你带来价值的推销者？还是喜欢煽情套路你的推销者？你既然厌恶后者，你为什么认为当后者能赚快钱？你这是欺骗自己，也是背叛自己。

常有人抱怨，我太单纯、太善良、太理性、太有理想，所以赚不到钱。不，不，不，一个真正善良理性的理想者，根本不会发出这种抱怨，一株梅花不会抱怨自己太像梅花。很多人在商业与人生上的失败，正因为他们不够单纯、不够善良、不够理性，也没有理想。

祝开心。

连岳

家国情怀，殊途同归

连叔：

您好。这是我第一次给您写信，因为最近发生的一件事实在是太困扰我了。我实在不知自己是对是错，非常迷茫。

先介绍一下大概情况，我是一名普通的医学在读研究生，今年即将毕业，成为浩荡找工作大军中的一员。作为一名27岁的已婚未育女研究生，在就业市场上实在是处于劣势。

家里人为了我的工作问题，可谓煞费苦心；而这也恰恰成为了我现在的苦恼源泉。大概从我研二开始，父亲和公公就开始对我的职业生涯进行规划，并联系到了一位某知名医院的知名教授，希望这位教授能够牵线搭桥，起到推荐作用。总之，就是给我未来的工作助力。后来的事情就是常见的套路了，其间曾几次请这位教授吃饭，公公替我选定了某目标三甲医院，希望这位教授能帮忙美言。事情也按他们希望的方向在发展，上个月我参加了这家三甲医院的面试，这位教授也同医院里的一些重要人物取得了联系，为我说了不少好话。前几天，我成功收到这家医院的试工短信，通知我下周一去试工。试工通过，大概率可以签约。而这家医院为什么成了家长眼中的金疙瘩呢？一方面，医院级别高，是三甲医院，又在市中心，离家只要半个小时。另一方面，现在医生的就业门槛很高，动辄需要博士。我的学历能去这家医院是典型的“高攀”。

父母和公婆现在都很开心，似乎我的未来一片光明，只要听从他们的安排，我将拥有一份钱多离家近又有地位（至于喜不喜欢，累不累，不在他们考虑之列）的工作，马上就能过上安稳而幸福的日子。可天知道，在他们帮我找工作的过程中，我整个人有多难受。第一，这件事造成了我的家庭矛盾。我父亲有严重的咽炎，并且真的不会喝酒，一喝酒就脸红；而公公酒量不错自己也爱喝。所以几次饭局上，都是公公陪那位教授喝酒，喝得比较多。对此，老公非常心疼，并对我父亲怨气很大。还有诸多小事，他都对我父母有怨言，认为我父母“只会说漂亮话”，而他的父母出钱出力，总之频繁抱怨。第二，这位教授或许的确了不起，或许只是看不上我。在几次接触的过程中，我都感觉他居高临下，态度倨傲，让我很难受。不知道您对医院的职称评价体系有无了解，现在整个医疗圈都存在一种“论文为王”的现象。作为一个医生，没人关心你治病怎么样，患者是否喜欢你，只要你会写论文，发核心发SCI，擅长申报课题，就能称王称霸。很可惜，我的研究生导师是一位以临床见长的医生，她自己也没有课题。所以我在研究生期间没能成功写出“核心期刊”。在最近一次饭局上，因为我没有发表过核心期刊论文，这位教授把我贬得可谓一无是处，让我觉得自己是个废物。父母和公婆的脸色也十分难看，只能更加低声下气地求这位教授帮忙。可以说整个过程已经给我造成了心理阴影。我并不觉得自己差。读研前，我曾在基层医院工作过两年，完全可以胜任工作，并且和同事、患者相处融洽。研究生期间在医院规培，也时常有患者表扬我。有人说我技术好，更多是夸我做事细致，态度和善。第三，找工作期间，公公和父亲动辄因为一点小事(比如给教授发一些相关信息，或感谢短信)，对我进行电话轰炸。全家人如临大敌，给我带来了极大的心理压力。总之，这几点让我现在对这份工作充满抵触心理。工作虽好，我却总觉得难受。

另外一件很重要的事情是，我压根就不想当医生。这么说吧，如果有一股强制力量非让我当医生不可，我相信我完全能做好本职工作，至少做一个中上水平的医生。可是，但凡我有选择，我都不会当医生。正如您之前所说的——医生是一份性价比很低的工作，我在其中找不到快乐，而我的理想是当一名公务员。

说出来不怕您笑话，我觉得我是一个有“家国情怀”的人，尤其是现在国家在习总书记的带领下，越建越好，越变越强，让我时常感觉心潮澎湃。我真的很想成为国家机器的一部分，做点事情。而且，我认为我在公务员考试上，是拥有一些成功概率的。读研前，抱着看热闹的心态，我曾参加过一次省考，当时是主要是为了给我老公陪考。那是我第一次参加公务员考试，也是这次国考前的唯一一次，大概只略微准备了一个月。没想到，最后出来的分数很高。后来又被幸运女神眷顾，成为替补（当年报考岗位是三不限，所在组是全省分数段最高的一个组）参加了面试。虽然最后由于微弱分差没被录取，但我对自己的实力也有了点数。

基于此，我参加了今年的国考，报考了某中央机关。考前真题模拟成绩都还不错，但考试的时候没发挥好，行测没做完。再过几天国考就会出成绩，我现在心情也很忐忑。如果不能进入面试（最好不要发生这种情况），我会重整旗鼓，继续参加今年的省考。

可是，在我公婆眼里，尤其是我老公眼里，我只有一个选择——去他们安排的三甲医院上班，然后安稳过一生。我老公还放言，哪怕我破天荒考上中央机关，他也不许我去（因为中央机关在北京，离家很远。而现在这个新一线城市离家很近，他也在这有稳定工作）。他让我别瞎折腾，并且严肃地斥责我，让我尊重他父母的劳动。如果我不去他们安排的医院，就会怎样怎样……总之，会给他父母造成尴尬。他不知道的是，他说的这些话，让我有了更加迫切的想要逃离的想法。

现在是周末。按照他们的安排，我下周一就要去这个三甲医院试工。可我并不想去。我现在只能写毕业论文和准备公务员面试。在我心里，我已经放弃他们给我提供的这个选项了。甚至，只要想到周一就要去试工，我现在全身上下每个细胞都充满了抗拒。我根本不想要这份工作！按我的想法，这份工作是非常好，可是一旦接受，我将永远欠那位教授一份人情，永远欠公婆一份人情，永远欠老公一份人情。“贫者不受嗟来之食”，我真的“意难平”！相反，如果我考公务员，不仅能实现自己的理想，而且完全是靠自己本事找的工作，硬气！

所以，连叔，我到底该怎么办呢？我现在在纠结明天要不要回老家跟父母摊牌，告诉他们我不想去那个三甲医院上班，我想放弃这个选择。如果这么做，肯定会引来公婆和老公的怒火，父母可能也不会支持我。您是怎么想的呢？或者，您也觉得我傻？

就该务实一点，接受家里的安排？

明天或许就要做出抉择了，Time's ticking。真心希望您能帮我指点迷津。

一朵爱自由的玫瑰

*　*　*

一朵爱自由的玫瑰：

家国情怀，是中国传统中很独特的价值，甚至可以说，它成为某种最高形态的信仰。自古以来，中国人读了书，个人的八级进阶就非常清晰：格物、致知、诚意、正心、修身、齐家、治国、平天下。中国的知识分子，有大如天下的最终格局，这有利于自己走出局限。非知识分子，贩夫走卒，文盲，对真正实践家国情怀的英雄，也无比尊崇。家国情怀，对中华文明不断绝，对中国人的自我认同，起到了价值纽带的作用。

家国情怀不利的地方在于，它容易让人说大话，有些虚伪的人掌握了这套话语，说得漂亮，做得丑陋，久而久之，人们就对这套话语存疑，进而反感。真正有家国情怀的人——比如像你——要避开这个坑，那就得抓住八级进阶的核心，正心，修身，一个人的自我修养是关键。心不正，身不修，你不是一个好的个人，家国情怀就是妄念，是痴狂，是不自量力。当你成为一个好的个人，风声雨声，声声入耳，家事国事，事事在行，你是逻辑自洽的方法论，你是大小任务均可运行的操作系统，个人即家国，家国即个人。

实践家国情怀，在当下，路径更多，不像处于农耕社会的古人，社会长期处于技术的沉默期，成为公务员才是最重要的出路。你看任正非，他不是公务员，人也谦虚，并不认为自己做了什么了不起的大事，实践了什么家国情怀。但是多年以后，人们看史书，回顾2019年，一定会看到任正非的名字，中国落后数百年，终于出现了一家技术领先的公司，世界上最强的国家也打不垮它。这是标准的家国情怀，把自己的工作、技术、专业发挥到极限，实现的就是家国情怀。

家国情怀更多是行为，是实践结果，只有空想和立志，那和家国情怀没有太大关系。一个混子公务员，他败坏家国情怀；一个精英医生，他建设家国情怀。一个医生，将来可以成长为院长、院士、卫生部长。输出价值，实践理想的家国情怀之路，不当公务员也是敞开的。

我们最好时时回到立足点，正心，修身，成为更好的个人。

无论你将来从事什么职业，我建议你做好两点：

一是接受累，拥抱累。要把工作做好，一定是累的，要么身体累，要么大脑累，更多是两者都累。一直进步的人，最后习惯这累，享受这累。医生累，公务员也累，而且大多数公务员注定在基层干一辈子，累了还没有医生那种技术上的快感。怕累，怕当小人物（以为这样无法实现抱负），这是贪心，阻挠我们进阶。不怕累的小人物，可以给身边的人带去价值与快乐，你有客户尊重你，你的家人爱你，你有朋友信任你，你在他们心中，就是人大物。

二是看到他人的帮助，感谢他人的帮助。我们一生，一定受了许多他人恩惠，把成就都归结于自己的努力，不过是忘恩负义。恩惠我们无法一一回报，许多人也不求回报。我们把它传递下去就好了，就像我们传递微笑，传递知识，传递爱。

父亲与公公，一把年纪了，替你的工作尽心求人，姿态或有不美，行为或有瑕疵，但你是最大受益者，应着眼于他们的付出，心存感激。

知名教授为你得到工作起了关键作用，他按自己的专业标准指导你几句，甚至批评你几句，这是师长的指导与提携，怎么可以用玻璃心记恨呢？

看不到他人已给自己的恩惠，对他们小小的冒犯（甚至只是自己的主观感受）耿耿于怀；那么，以这种心眼观察到的世界，就将充满恶意，你的反应也多是抱怨与报复。你将开启价值毁灭反应，先毁灭自己，后毁灭家人，直至毁灭家国（如果你的能量够大的话）。

先用善良修正内心，然后不怕辛苦，追求卓越，把小事做好，家国情怀自然会慢慢实现。

祝开心。

连岳

我最想要的命运礼物

连岳叔叔：

早上好！天天看你的公众号，对你很是钦佩。关注你以后，自己对待很多事情的看法都转变了，非常感谢！你相信吗？在这么长的假期里，我居然会压力大到头疼。我没想到在毕业以后的几年里会这样矛盾，比上学时生活费只有十几块更令我烦恼。

第一个烦恼是工作，作为一名中学教师，上岗的这两年多我深感这份工作是如此辛苦与烦琐。我很喜欢孩子的纯真与善良可爱，可是我不喜欢琢磨教案、参加劳什子教科研活动。甚至发现很多教师的素质眼界也很低，看到同单位四十多岁的老师仿佛就看到了自己的未来。不乐于分享、无知、严厉、自私、自以为是的老师，还要对着十几岁的孩子生气，再加上脸上的几道皱纹，想想就很可笑可悲。因为有编制，我对这份工作再三犹豫，不知道自己的理想在哪里，真是迷茫糊涂。

第二个烦恼是爱情。相亲屡屡失败，看到同学的结婚照时，我那股柠檬精的酸味啊……一方面因家庭背景普通，另一方面是我自身平凡，加上教师工作岗位的接触人群少，年龄的增长让我焦急，我期待和他在大街上大方地牵手，相视一笑；在饭桌上，一起吃着美味可口的佳肴，抿一口红酒，起舞……

连叔，我要怎么样调整自己的心态呢？我很想哭，到山里，到小溪边没人的地方大哭一场，好好睡一觉。十分期待得到你的指导，爱你！

Sunflower

* * *

Sunflower:

说到当老师，我可以说是你的前辈。1990年，我20岁时，毕业于一所师专（专门培养中学老师），这一直是我的最高学历。我知道现在当中学老师的门槛高得多，你应该比我当年强。我现在遇见年轻时的自己，甚至不会喜欢他，不算聪明，但却自以为是；脾气不好，也没多大耐心，常常不靠谱；总而言之，就是个一身毛病的年轻人。我现在幸而能得到你的钦佩，那意味着，三十年后的你，得到现在的你的钦佩，不是难事。未来在我们自己的掌握当中，并不是由我们不喜欢的人掌握。如果我们长成自己不喜欢的样子，那可能是我们其实喜欢那些我们不喜欢的人，亦步亦趋，责任并不在他们。

我教过四年书，虽然不在中学一线，但也知道教学确实辛苦与烦琐。在那么短的时间里，我也发现，老师这个职业其实是先苦后甜的，一个笨老师，只要他想，最后也能在学生眼里显得很聪明。一本教材，教第一遍，很辛苦。你重复几次，课堂里的学生永远是第一次学习，而你已经熟悉了一切情节，一遍遍精进后，不再是显得聪明，而是成了真聪明。

其实人生都是先苦后甜的，积累自身资本的过程，是苦的。这个资本不仅指金钱，还有你的健康，你的能力，你的信用，你的稳定性，微小累加到一定量后，有了复利，今天的一天相当于过去的一年，甜就多了。这过程谁都无法略过，皇太子与富二代，他们也得靠自己长出让他人钦佩的品质与成就，继承的基业才能长青。

爱情在你的想象中，“相视一笑”“抿一口红酒”。你想得对，但不够。相爱的两人，酒量又好，经常一次喝一两瓶红酒，积累得不够的话，酒钱都能让爱情破产。维护爱情，让自己爱的人活得体面一点，自在一点，背后也是辛苦与烦琐。

让你现在厌烦的辛苦与烦琐，没人会喜欢，尤其是年轻人，总以为下一份工作是快乐而轻松的。辛苦与烦琐其实是逃不掉的，越早知道这点，人生越容易幸福。我就是因为在30岁时想清楚这点，才开始认真生活。如果有来生，又能向命运要一件礼物，我希望能在13岁时开始接受辛苦与烦琐。当然，能在30岁时想清楚，已是幸运，我不应要求更多，因为太多人一辈子都想不清楚，他们牢骚满腹，敷衍了事，总是窃喜自己可以偷懒、占便宜，他们不知道，那其实是命运在凌迟他们，一刀一刀，割肉离骨。

无论我们做什么，你教书，我写作，这一行必然有辛苦与烦琐，早做多做，就是建立竞争力的过程，尤其是我们的同行迟做不做，那是追不上我们的。琢磨教案，持续教研，认真教学，就是教师这行必然有的辛苦与烦琐，你要早做多做。这甚至与你的爱情相关，这气质，会从你的一切言行中渗透出来，你是负责、耐心的老师，体现出来的可爱值就高。教学马虎，误人子弟，别人也有理由推定，你不太可能经营得好爱情与家庭，怎么会愿意和你“相视一笑抿红酒”？

即使我们明天就改行，还是得把今天份的“辛苦与烦琐”做好，这是我们的立身之本。我写完了今天的文章，你也要做好今天的工作。

祝开心。

连岳

真刀真枪拼，才是真后浪

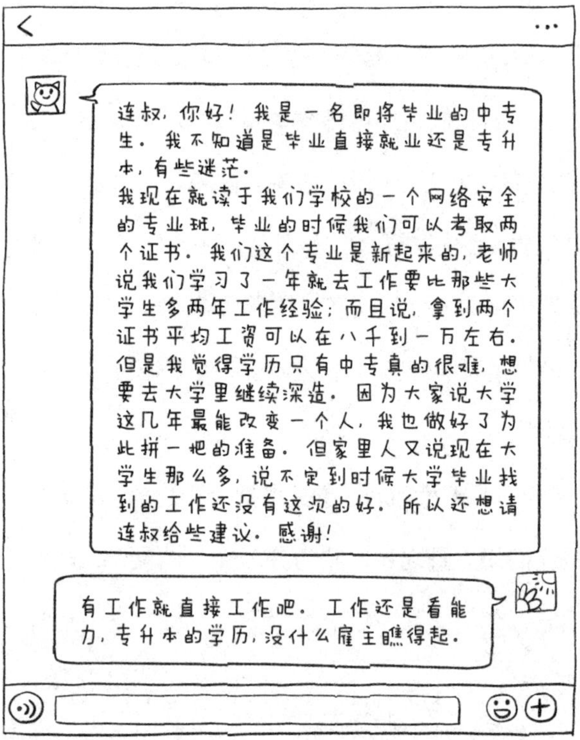
连叔，你好！我是一名即将毕业的中专生。我不知道是毕业直接就业还是专升本，有些迷茫。
我现在就读于我们学校的一个网络安全的专业班，毕业的时候我们可以考取两个证书。我们这个专业是新起来的，老师说我们学习了一年就去工作要比那些大学生多两年工作经验；而且说，拿到两个证书平均工资可以在八千到一万左右。但是我觉得学历只有中专真的很难，想要去大学里继续深造。因为大家说大学这几年最能改变一个人，我也做好了为此拼一把的准备。但家里人又说现在大学生那么多，说不定到时候大学毕业找到的工作还没有这次的好。所以还想请连叔给些建议。感谢！
有工作就直接工作吧。工作还是看能力，专升本的学历，没什么雇主瞧得起。

我一直认为，年轻人（后浪）有机会工作，应尽快工作，不要留恋校园，因为真实的世界很残酷。

在宣传里，在谈话中，大家都倾向于鼓励年轻人，我觉得这也应该。谁都应该被鼓励，何况年轻人呢？一个时代，老年人老觉得一代不如一代，年轻人也失去信心，那没落的可能性自然加大。

但真实地评价一个人，不是因为你年轻，而是你有没有本事。谁是单位与公司的最高决策者？我估计都是前浪。你没本事的话，他们可是一点也不客气。本事这词很模糊，具体来说，你保得住工作，且在工作中精进，获得信任、职位提升、薪酬增加，那就是本事。如果你一直没有自己的现金流，生活处于亏损状态；那么，你再年轻，都是没本事，而且会得到双倍的鄙视，很容易被归类为浪费青春的笨蛋。

人受教育，慢慢成年，做好了准备，为的是什么？就是工作。因为能力，受教育水平有高低，有人只能完成义务教育，有人专科，有人本科乃至博士。有没有学术研究能力，高中毕业就能看出大概，考上一流大学的和只考了专科的，前者有研究能力。到了大学毕业，还保有学术研究兴趣的，又没有急迫的财务压力，则可以继续深造。以混文凭为目的，自欺欺人，最后结局就尴尬了，拿着博士文凭，活做得不如一个高中毕业生，你被解雇的可能性就极大，甚至可以说是必然。

认为高学历就等于好工作的想法，是错误的。有高学历，并有与之匹配的本事，那才有好工作。没有高学历，但有本事，最终也会活得好。没人雇你？怕什么，你自雇。只要想有工作，就一定会有工作。世上不缺工作，缺的是轻松钱多的所谓好工作——眼里只盯着这种工作，文凭再高也得失业。

现在文凭相对容易拿，尤其是今年经济风险多，就业压力大，更是指望年轻人在校园里多待几年。今年教育部已经安排硕士研究生扩大招生规模18.9万、普通专升本扩招32.2万。几年后，到这些扩招生毕业时，就业形势大幅好转，那压力不会增加，不然的话，这些人的就业就更成问题了：你觉得自己文凭高了，看不上的工作更多了，选择变少；雇主想招更好的人才，他们最看重第一学历，别说专科生了，一般大学的本科生，简历都不上心，选择你的雇主也变少。少上加少，你在校园多混几年，反而没工作了。

当然，很多人会举某个出色的专科生，升本科，继而考上研究生博士生，最后出人头地的例子。我不怀疑有这样的专科生。但是一个专科生想这样拼文凭，就犯了一个典型的思维错误，丹尼尔·卡尼曼在《思考，快与慢》中，称之为“过于关注罕见事例”，没有概率思维的人，往往会被小样本带到错误的路上。正确的思维方式是算出概率，成功概率太低的事，不值得投入。

连叔我招人，也喜欢招好大学的毕业生，他们更大概率是好员工。可我也绝不会瞧不起专科生，我自己就是大专生。只要有本事的人，我都尊重。市场是最好的大学，你永不毕业，真刀真枪，只要你拿得出好的服务与商品，别人就愿意付费，管你是什么文凭，这么公平的竞争，为什么要逃避？

不敢流汗流血真拼，算什么后浪？只是后退。

接下来几年，什么是最正确的工作态度

连叔：

我是在学姐的推荐下关注您的，平时一直在看您给别人答疑解惑，今天突然想把最近烦心的事跟您说一说。

我去年大学毕业，目前在铁路局上班，其实定岗后就是个售票员。我可能打心里还是不喜欢这个岗位，从没有想过上完大学就是个卖票的，也觉得这份工作特别消磨人的意志。它太清闲太没有技术含量了，工作不到一年我觉得我已经变得懒散没有斗志，完全没有刚来时的“野心勃勃”。也是因为这种单位晋升拼的就是关系，当然确实有能力的人也会崭露头角，但我知道自己几斤几两，没有本事过硬到让别人觉得非我不可，所以有时候觉得如果干这份工作，这辈子一眼就看到头了。

我为什么不离职换一份工作，是因为我贪恋这里的工作休息制度（差不多一个月上十天班，每天工作不超过六小时），虽然工资比较低，但图了个稳定。我心想有大把的休息时间，将来结婚后可以把重心放在家庭上。

可是我才是二十几岁的人啊，不应该是这般模样。想过离职去考研，但因为工作给了北京户口，三年内离职会赔违约金十多万。想着考个非全日制研究生，但我们单位不认可“非全”，在这种情况下考“非全”我觉得时间成本和精力成本都太高，可能也是因为没勇气去考。想着辞职换一份工作，但就我的专业来说来在铁路系统上班算是不错的选择，不然我觉得只能去教培机构或者考编当老师（考过了教资）。总之感觉工作后负能量多了好多，这不是我喜欢的生活。

不好意思，乱七八糟说了一堆，不知道该怎么办。希望连叔能给我个建议。

一束光

* * *

一束光：

你其实挺幸运的，有份轻松的工作，又拿了北京户口，依附在这户口上的福利及权利，比如购房资格，本身就是一笔财富。

今年及以后几年毕业的大学生，有这运气的人将少得多。不确定性因素大大增加，一是疫情，二是美国不加掩饰的单边主义，都加剧经济风险。得到工作都不容易，更别说有份轻松的工作。

在这几年，最务实的工作观是：我如何保住自己的工作？保住工作，不仅要与同事竞争，更要与求职者竞争，当更优秀、薪酬要求更低的求职者大量出现时，你那些垫底的同事就危险了。

保住工作的前提是理解工作的意义，理解了你就会爱工作。

工作本身并不可爱。辛苦地做一件事情，周而复始，怎么可能可爱。自工业革命以来，市场分工逐渐发达，工作的辛苦度才下降。效率提升了，八小时工作制，每周休息两天，才有可能。原来的人们，为了生存，只能像牲口一样拼命工作，还未必活得好。你的爷爷辈，还处于这种生存状态。感谢他们这几代人的勤奋与积累，再加上市场经济释放出的效率，你这代人才有更轻松、收入更高的工作。你不喜欢的"轻闲的"没有技术含量的工作，放到这历史进程中看，就会发现，它其实得来不易，是文明发展的果实。

人们工作的回报，看得到的是薪酬，有了这些钱，你的衣食住行有保障，资本积累有希望；看不到的，是你挣到的时间。工作之外的时间，除了休息和必要的娱乐，其他都是你可自由支配的财富。时间是一个人最大的也是最公平的财富，每个人的份额大致相当。这笔时间财富运用得当，一个人的技能提升，丰富度增加，甚至用第二职业取代了第一职业。轻闲的工作，则意味着你挣到的时间多，这是不该抱怨的好事情。

不会处理轻闲工作的时间福利，可能是你负能量的来源，错不在工作，错在你不会处理自己拥有的时间。也就是说，你指望一份工作满足你所有需求，那自然没有任何工作是理想的。轻松的工作钱不多，钱多的工作不轻松。不止一位大作家表达过自己喜欢的理想工作，就是你的工作，上班时不需要动脑，机械式地完成就行，下班后全情投入搞创作。你的创造性越强，你越自律，则挣得的时间越多，你越开心。

当然，我觉得作家们对你的工作也有误解。任何工作都有创造性，在工作中发现创造性，本身就是自我进步的一部分。售票员有没有创造性？当然有，同样是卖一张票，有人像机器，冷若冰霜，让人不舒服，有人有温度，有热情，让人如沐春风。在他人接触你的一分钟内，你能影响他的心情，这工作，当然极具创造性。这种在任何事情上发现创造性的想法，无论是什么工作，想办法把它做得更好，更有效率，这就是最硬核的创造性。

创造性，从来不是别人要求你创造你才创造，创造性是主动的“我要创造”。不要担心没机会展示你的智慧，你的智慧可以在任何时候展示。在不起眼的小事上展示你的智慧，你才有大事可做。

祝开心。

连岳

疫情中左右为难的留学生，人修正错误的两大障碍

连叔：

您好！希望您和连太最近一切都好。

第一次提问，不清楚提问的规则，若有不妥之处万分抱歉，望您见谅。

我是一名已留学海外一年的学生，目前在澳大利亚读计算机硕士，本科编程基础为零。出国第一学期的基础课成绩尚可，第二学期因此放松了自己，加上课程难度增加，学校因为疫情改成网课+在线考试等原因，期末成绩极差，几门课不及格。按学校的学分制，这些课程要再交学费上第二遍。

家里条件一般，供我出国几乎花光了积蓄，现在因为自己犯错多出近十万额外花费，心里特别自责。加上自我感觉基础实在薄弱，没信心能从这个专业顺利毕业。算了一下继续读下去就算一切顺利也要再花近六十万，因此在考虑及时止损，退学回国。

这个决定有一定风险，一方面回去已经不算应届生，加上疫情影响难以找到工作，另一方面现在也很难买到回国机票（票代机票将近十万，十分昂贵）。父母建议我先休学半年留在国外自学巩固一下基础，然后试着继续读完，但也说了决定必须我自己做，会尊重我的一切选择。我自己现在非常迷茫，不知如何选，休学担心自己再多浪费半年，最后还是无法毕业；退学又担心回国找不到工作，会懊悔放弃了现在的读书机会。而且也有些分不清现在的想回国究竟是真的虑及家里情况，还是仅仅因为受了打击想逃避继续读书的困难。

希望能得到您的指点，万分感谢！

感谢您花时间阅读，再次祝愿您和家人一切顺利。

一个迷惘的年轻人

* * *

一个迷惘的年轻人：

现在看来，你去澳大利亚读硕士的决定错了，你的专业与自律，极大可能不足以保证你完成学业。将来这个结果出现，你和你的父母，是承受不起的，耗尽家庭财力，除了浪费几年时间，一无所获，这是经济与心理的双重打击。

即使完成学业，拿到硕士文凭，洋文凭在国内逐年贬值的情况下，它完全无法保证你得到一个好工作，甚至未必能得到工作。即使得到工作，薪资也未必能增加。更特殊的是，由于近来澳大利亚愚蠢的激进反华政策，会导致它的一切产品在中国不受欢迎，包括文凭这种教育产品。

上面这些不利因素，你自己意识到了。否则，你就不会有退学的想法。

阻碍人修正错误的，有两大因素：

一是面子。大多数人好面子，这关过不了。我希望你最后能过面子关，但一下子无法彻底过关，也没有关系，疫情与中澳关系是很好的借口，让你中止学业回国显得非常可以理解。当然，希望你几年以后能够参透，人品与实力才能真正支撑面子，只追求外在的装饰，那就会满足于廉价而客套的夸奖，让潮流与他人轻易地控制自己的人生，里子与面子都会失去。

二是损失厌恶。人在坏股票里越套越牢，在坏婚姻里越陷越深，明知是错，却不愿意止损，这就是损失厌恶在起作用。只要我不止损，损失就没有确认，事情就有可能变好，最后弥补我的损失。而结局总是自己的资源耗尽，将小损失拖延成大损失。事情做错了，止损是真本事，迅速将自己的时间、能力与金钱转投对的事，而对的事，增长是无限的。人在知识上的局限性决定了每个人一生会做很多错事，没有学会止损，总会有一件错事吞噬我们的人生。

所以，你现在买张机票回国，从金钱到时间，都是损失最小的理性选择。回国了，就赶紧去找工作，如果你是国内好大学的本科文凭，那在雇主这里，行情是看涨的。现在大家知道，在中国激烈的高考竞争中胜出的孩子，值得高看一眼。如果大学一般，那就把自己的期望值放低，与一些高中生去竞争工作机会，那会光彩夺目。世上永远都有充足的工作机会，只是惰性与虚荣让我们只看见少数好工作。

因为自己浪费了父母的一大笔钱，你内心一定会有愧疚感，而且长时间内难以消失。但是这也是成长的养料，它帮助你建立"受托人责任感"。李录认为，"受托人责任感"是一部分人才有的好品质，客户委托他的每一分钱，他都把它看成是自己父母辛勤劳动、勤俭节省、积攒了一辈子交给他打理的钱。你损失过父母的钱，感受过痛苦，你因此知道，钱很难得到，但太容易失去。若因此知道责任心、意志力与判断力的重要，不停加强，以后对得起自己的、别人的每一分钱，那今天的痛苦，何尝不是塞翁失马呢？

祝开心。

连岳

爱重复

工作的重复，很容易让人误解为不好，然后极力逃离，像这位朋友一样：

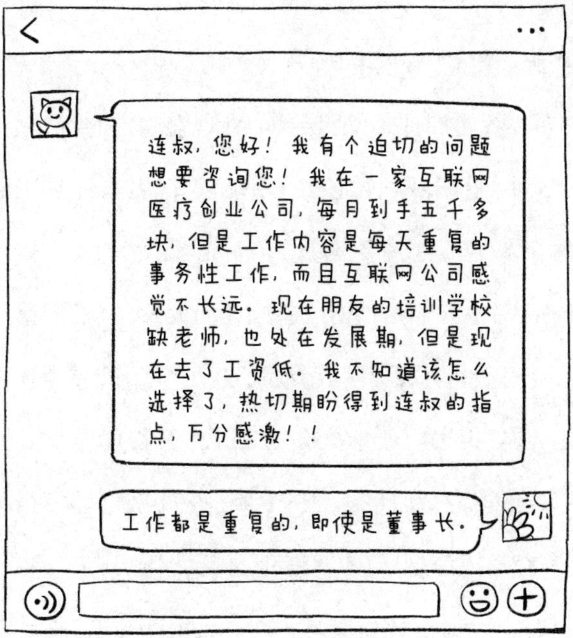

他当上了老师，将发现老师也是每天重复，当的时间越长，重复得越厉害，一生只在重复一套教科书。

很多人厌烦工作，也主要由于其重复性，显得无聊，总觉得别人的工作可能更有趣，天天花样翻新。有时就生出怀才不遇之感，以为自己是做大事的，随便应付工作，演变成小事不愿做，大事做不了。

认识到重复的重要性，人就不这么想了。

你看一棵大树，它的结构和小树一样，叶子、枝丫与树干。只是叶子是小树的万倍多，树干是小树的几十倍粗。小树只需要站在原地，天天重复，慢慢增长，就会变成大树。

农业是人类的伟大发明，人们发现在固定的耕地上，每年只要重复春种、夏耘、秋收、冬藏，就能够养活自己，这工作比起狩猎，无聊得多，但是效率更高。

工业社会，人们用机器代替肉体的力量，产品的重复周期短得多，生产线源源不断地吐出产品，工人的工作，更是体现为简单的重复。重复得慢一点的农业，在回忆中变得优美。

在现在的信息社会，信息的复制，瞬间可成，重复得更快。更多的工作编码成信息，效率就越高，永无止境。

其实，一个人应该爱重复。你每天重复的事，就是你的竞争力，即使是事务性的工作，想要把它做得更好、更高效、更优美，自己更快乐，其中的创造性也是无穷的。事务性并非没有创造性。

而创造性的工作，没有大量的重复为基础，也无从谈起。我年轻时，若没有听到卡尔维诺的一句教训，走不到今天。他说，如果你只等灵感，就什么也写不出来，写作者要像铁匠木工面包师，每天干活，不停重复，只有忍受这辛苦，灵感才会出现。写作者没什么睡懒觉、喝大酒、游游逛逛的特权，得视自己为苦力，守纪律，流大汗，每天老实做事。

创作者的重复性甚至更强，中国的孩子，在初中都背过孔夫子说的："学而时习之，不亦说乎？""温故而知新，可以为师矣。"学习的核心是不停重复，在重复中有新体会、新发现。没有重复就没有学习，也没有创作。可惜这两句话的价值，有人一生未必能够理解。

你不尊重重复，不爱重复，你就不可能爱任何一份工作，再好的工作，你也不会有作为。

2

恋爱 · 婚姻

爱,是人类最有趣的本能。

为爱，学着拥抱，学着改变

连叔：

您好！我有个疑惑，恳求您给建议。

相处两年的男友，很少主动和我拥抱、牵手、接吻。而我似乎有种执念，我觉得这虽不是生活的主要部分，但得经常有才能感受到爱的温度。我们因为这个争吵过很多次，昨天也是。争吵多次，他只在前年春节前我提分手时哄过我一次。他讨厌吵来吵去哄来哄去，而我觉得情侣之间包括以后夫妻之间难免会有矛盾，相互哄哄更甜蜜，没什么不好。除此之外，他负责任，能吃苦，能踏实工作。他说话直白，偶尔让人难以接受，但至少诚实。他在知道我想买房的时候资助我（钱我会还的），我很感激，也觉得物质上我们一起努力将来不会差。昨天他走之前我让他抱抱我，他不肯，说是希望有一天能自发地做出来。我问，会是多久之后呢？我已经等了两年了（我29岁了），最后他还是走了。连叔，信息量有限，抱歉。我喜欢他的一些特质，但觉得要不到拥抱很难过。我试着主动抱，他不拒绝也不迎合，以同样的姿势待着。沟通时他说可能自己这方面有缺陷，但是改不了。

* * *

这位姑娘问的问题几句话说不清楚，展开回答一下：

相爱的人，拥抱、牵手与亲吻，年轻人视之为当然，但是，像一切好习惯一样，它也需要学习与维护。观察我们上一辈的人，他们可能也是相爱的，但让他们在公开场合拥抱、牵手与亲吻，他们做不到，当然，在私密场合，我想他们应该是会的。

老一辈人在孩子小的时候，他们会抱会吻，这点倒是哺乳动物的本能。孩子与父母，尤其是和母亲，如果没有肢体接触，那会活得很艰难，活得不健康。奇怪的是，当孩子长大了，中国的两代人之间通过拥抱表达爱与关怀反而很少。这么直接、有效、言语无法表达的方式，放弃实在是可惜，尤其是很多人语言表达能力原本就弱。

这种状态，可能二十年后会有改观，因为几代人从恋爱开始，拥抱、牵手与亲吻就是他们的刚需，而且需求量很大。半小时前的抱和吻，半个小时后爱的效应就已经消失。

回到这对情侣的问题。从提供的信息来看，我无法判断男友是不是“同志”，即隐瞒性取向同一个姑娘在一起，仅仅只是为了求一个恋爱和婚姻的伪装，以逃避社会压力。这点姑娘自己可以判断，如果性爱正常，可以排除这点，那小伙需要的就是学习与改变。说句题外话，试婚其实可躲掉大坑。就算不试，足够聪明，也知道正常身体变化。

很多中国人害羞、内敛，在公众场合拥抱、牵手，尤其是亲吻，很不好意思，扭扭捏捏，也算正常。但这不好意思有温度，暖洋洋的，你逗一逗他，还别有情调，你不至于觉得他不爱你。

这姑娘在私下场合都难得到男友的拥抱、牵手与亲吻，觉得没有得到爱。这种皮肤的渴望、身体的需要得不到抚慰，这是长久的不快乐之源，与爱背道而驰。

人活着，一定会有爱，爱事，爱物，爱己，爱人。爱总会在某处产生，除了自己，还有一个人可爱，那是值得庆幸的事。是不是爱，有个重要的衡量标准，就是愿意为对方改变。人的改变很难，习惯、脾气、行为，改变是长期的艰苦工作，但不要将之视为爱的负担，认为“我一个人过，就不必做这些改变”，它其实是爱的礼物。有些缺陷，让爱自己的人都不舒服，那确实需要改。如果没有对方强烈的反馈，我们甚至不知道自己有缺陷。

为了爱，学习吧，改变吧，每人都有需要学习。有人学赚钱，有人学拥抱，有人要克制情绪，有人要提高体质……为自己爱的人，都不愿意改变，那真意味着失去与世界沟通的能力。不幸爱上你的人，反而承受你制造的痛苦最多。这真是对爱的大否定，是仗着被爱而肆意欺负对方。

如何应对催婚

连叔：

我今年28岁，过年期间被催婚好多次，但我的想法是先挣钱，等我有一定经济能力再考虑，现在的收入只够养活自己而已。但是长辈却坚持先结婚生小孩，再慢慢奋斗挣钱，说有了家庭会更加有动力。反正我都是不同意的，坚持我自己的，但是又会被这些声音影响，弄得大家都不愉快，好累啊！

* * *

这位姑娘的留言与苦恼，很多同龄人在春节假期也有。

在我看来，催婚挺愚蠢的，因为爱是人的本能。尤其是年轻人，遇上自己喜欢的人，一定会爱他，想和他结婚，直至白头，就像呼吸一样，不需要如此催促：孩子，你今年不要忘了吸进氧气，呼出二氧化碳，否则就会死掉——催人恋爱，催人结婚生子，本质上就是这么愚蠢。

对于稍微有点自尊的人来说，这种催促意味着入侵和控制，只会引起他的反感和反击，效果适得其反。只有没自尊的人，才会任由这种事情发生，可是，没自尊的人怎么会有人爱呢？催促也不会有任何效果。当然，热衷于以催促折磨孩子的人，理解不了这个逻辑，他们会越玩越起劲，试图劝说他们聪明一点，也是无用功。这世上总是会有蠢人做蠢事，有些时间越长的蠢事，生命力也越顽强，因为蠢人就靠它获得一点可怜的存在感。

我们要做的，是怎么不让蠢事侵袭自己。不要在愚蠢的催促与干涉当中，慢慢被同化了。

被催婚的人，若干年前，当他们还在读中学，甚至读大学时，可能多会被禁止恋爱，理由是恋爱会影响学业。多数孩子当时还是承认父母老师的权威，在心里会接受这种逻辑，压抑克制自己刚刚萌发的爱。真正恋爱的孩子，也多少有负罪感，以为自己做了错事。

这种爱情与学业、事业对立的观念就种在了孩子的内心，这种爱情观会毒害他们的一生，让他们更难得到爱情。有些听起来特别正、特别有志气的宣言，其实就是受害的体现，比如先要成功、先要事业、先要发达，再来寻求爱。不是这样的。有几个人能早早成功、事业发达？有份工作自食其力已经是成就，你只是一棵幼树，要长成大树，是二十年、三十年以后的事。绝大多数人恋爱时，并不需要成功，是让人看到了你的潜在，在谈话中，你的可爱、坦诚、责任、信念、才华，像你的香味，若有若无，令人着迷。它让人相信，这些潜在将一直成长，而被爱的你，又会更珍惜自己的潜在，更有信心与意志将自己琢磨成器。

你爱一个人，这爱就渗透一切，它无法分类。你们的书，收在书橱里；衣服，挂在衣橱里，袜子，也有它们独享的空间；而房产证和珠宝，放在保险柜里……爱却没有专门供收纳的地方。爱在这些事物里，爱在你们一起成长的所有记忆里：亲吻里有，争吵里也有；成功里有，失败里也有；现在的富足里有，原来的窘迫里也有；奢侈品里有，旧衣服里也有……

催婚者不知道这些，他们许多并没有爱与被爱的经历，他们以为爱是一个物品，就像冰箱一样：你今年去买一台回家呗，这样完成一件大事，你的生活可以更舒服。你不要陷入这种逻辑，用错误对抗错误：我偏不，我要先买套大房子，再考虑冰箱，没有房子，冰箱摆在哪里？

爱在你的身体里，在你的基因里，在你的脑细胞里，在你的渴望里，在你的一呼一吸当中，保持开放的态度，随时接受恋爱，你今年刚好恋爱了、结婚了，那并不是催婚者的功劳，也不是你可耻的服输，只是时间上的巧合。听从自己，勇敢、自由地去爱，不要因为被催促，刻意地更快，或刻意地更慢。

春节相爱指南

下面是一条获得了许多声援的留言：

连兄您好！不记得有多少次想留言了，每次都欲言又止。我1980年生，是五个孩子的妈妈。大孩子上初二，小的九月份上小班。2004年我大学毕业结婚后来上海，我和老公是高中同学。孩子们在这里出生、上学，我到现在还是全职在家。家里所有开销都是孩子爸爸挣的，他自己开小公司。孩子们我自己带。孩子们都健康、乖巧，哥哥姐姐学习也认真自觉。最近两年的问题越来越多，大人间的，应该是我的问题。孩子爸爸会抱怨我没能帮助家里分担经济压力，没头没脑，没精没神……我也越来越感觉到自己很多方面能力差。最近生活一团糟，隔三岔五吵架，相互抱怨、折磨！请您给我出出主意。新年了，我该如何开始努力？似乎百废待兴，千头万绪，从哪开始改变呢？后天要回家乡了，我心里很乱，连续失眠！带着孩子们，孩子爸爸自己开车，一家七口，一千三百多公里（到广东汕头）。十多年了，每年都会回去！真心希望能得到您的指点，我一个老大不小的人了，这么糊涂！睿智的连兄……！

* * *

带大五个孩子的工作量极大，这位妈妈简直就是女超人。尤其孩子都还带得健康、乖巧、学习自觉。全职妈妈没有雇主，她没有工资，表面上收入是零，但她为家庭创造的价值，是可以估算的。不说五个孩子的价值，拉扯大五个孩子，可能没日没夜，全年无休。雇人来做这些事，得花一笔巨款，这就是她为家庭创造的效益。但被动的是，这个价值换算孩子的爸爸得认，不认，或者翻脸，孩子的妈妈也是没有办法的。这也是婚姻的风险之一，是无法避免的。这也考验女性的识人能力。你得判断出，自己要嫁的这个男人，大概率讲道理、守信用、负责任。否则，你生完孩子他就要赖偷懒，甚至搞七搞八，你也没有办法。人生不可重来，时间不会倒流，只能认栽止损。

这对夫妻选择的生活模式极为明确，喜欢孩子，然后尽自己能力多生。很多人可能理解不了，但生育就是主观的事，只能按自己的偏好来，人做自己喜欢的事，是没有错的。我不必理解你，你也不必理解我，只要知道那是我们的自由选择即可。

喜欢多生，喜欢少生，喜欢男孩，喜欢女孩，不喜欢生，只要是你的自由选择，就没有问题。生育没有标准答案，任何选择都有利益和风险，各自承担就是。凡为你的生育附加一个更伟大的集体主义目标的，都是想剥夺你自由的坏人。有时候，这种坏人还自称自由主义者、市场主义者，但本质上都是猥琐的窥私者，都太想强制他人。中国的春节，有一大不幸，就是会遇上许多这种人，这是一种精神上的露阴癖。

所以，这对夫妻的生育观，没什么值得探讨，也不必受批评。老婆生孩子带孩子，老公挣钱，分工也明确。有问题的是，老公要求带五个孩子的老婆分担经济压力。是人都看得出这个指责不合理，这是一句疯话。我觉得，是这位丈夫目前承受的压力过大，以非理性的方法释放。客观地说，他的能力挺强，在大上海，一个人挣的要养全家七口人，孩子都还没辍学，这并不容易。不过，这是他的选择，再不容易也得挺过去。老婆的压力也没有更小，你把自己的压力全转移给她，她就只能崩溃、连续失眠。而她并没有地方转移压力，如果最后垮掉，或者放弃，整个家庭也就崩了。

她其实挺爱老公，受到了人人都知不合理的指责，她也认为老公说得对。这种顺从与自责，让人看了生气。不过，如果不是对一个人有爱，也做不到。她要做的，就是不往自己身上揽太多责任，要知道自己尽力了。

你们两个并无太大问题，两个人都能干，只要你们肯定自己，也肯定对方，那么，压力就能扛过去。只要有一人开始指责对方，进而互相指责，那么，灾难就要开始。毕竟，你们的压力确实很大，经不起多少失误。

过年，某种程度上，是攀比季，是最大花销季，是压力季。经济状况捉襟见肘，负面情绪更容易被引爆。我觉得，不想去掩饰，反而轻松。相亲相爱的一家七口，在哪里人们都会佩服你们的能力与勤奋。你们也要佩服自己，佩服对方。出发之前，一个拥抱，说“你辛苦了”就有这个效果。一千三百多公里的路程，很远，很累，像人生一样。在路上，要开心，不要争吵。好好过个年，一切都会好起来的。

爱其实就是偏心，世上那么多人，你偏偏对我好。忘了这点的人，反而因为对方经常出现在自己身边，欺负得特别多。过年期间，成年人压力都不小，要记住偏心你爱的人。

爱，小事里也有爱；
不爱，则小事变成大事

连叔：

我男友经常挑我毛病，什么“两个鼻孔不一样大”“脸不能细看”“眉毛画得不好”“智齿不整齐”；或者经常拿我和主播比较，什么“要像她一样画眼影”“个子再矮一点就好了”，等等。我就纳闷，在别人眼里挺漂亮的我怎么在他嘴里就像丑八怪，我甚至一度特别自卑。他还说这是客观事实。

* * *

给他看我的回复，再这样下去就分手。

“我不丑，可为何他说我丑？”

这位男友的挑剔角度，我这个主持了近二十年情感专栏的人，都是没有见过的。鼻孔不一样大，这个已经很刁钻了。智齿不整齐，就更匪夷所思了。这也证明，女朋友别的地方找不出毛病，只能鸡蛋里挑骨头。

很多人明白，这是一种控制术。我把你说得一无是处，让你觉得自己那么不堪，你甚至会觉得世上可能只有我会爱上你。极端一些的，还有男人不许自己的女友化妆、穿漂亮衣服，刻意地让她变肥变丑。这些都是害怕失去的表现。你太好了，我配不上你，所以得让你差一点。

真得逞了，得到的就是一个自卑的、自毁的、从外到内都在凋谢的人。这样的人并不可爱，她的气质会反噬，就像一个好苹果烂掉后，就开始传染紧挨着的那只苹果。得逞不了，她看透在你身边不会有成长，不会有快乐，下决心离开是迟早的事。任何一个结果，都对自己不利，这真是一个糟糕的策略。

这位男友，因为表现得太过夸张与荒诞，一眼可以看出不合理。有个好处是，这有利于他自己突然猛醒，像顿悟一样。不改的话，就单身多看看女主播吧。

其实，这种策略在家庭中是广泛使用的。只是技术更高明，演技更出色，以至于施害者本身也毫无感觉，不会有醒悟的机会。有个典型的场景是，感觉到失去权威的父母，会在聚会的场合，亲友多的时候，下意识指挥成年孩子做一些完全不必要的小事，比如："去把衣服穿起来，你老是穿得这么少！"或："去给我倒一杯水！"诸如此类，孩子心里不舒服，但不可能翻脸，真翻脸就显得他不懂事，小题大做。发出这种指令家长一般会如愿收获服从，满足自己的控制欲。

这样一写，你可能会觉得家庭很可怕。某种程度上，是的，爱恨同源。爱一个人，与他组成家庭，是世上最值得向往的事之一。为之付出的代价，就是：一个人得到的最大伤害也可能来自家庭。如果你不幸误判，爱上一个控制者，你的成长令他感到威胁与失去，他对你的束缚与攻击就隐藏在许多小事上，让你防不胜防，敌人就睡在你床上。一个人，不是发自内心地希望自己爱的人成长与自由，那么，作为他的伴侣或孩子，就一定感受得到自己成为他的工具。他随时在后面拉扯，你踩油门的时候，他在踩刹车。

浙江省高级人民法院分析了2018年全省近五万件离婚纠纷案，第一原因是生活琐事，占34.21%，估计全国也是这样。这听起来有点不可思议，生活本来就多是琐事，也不至于超过三分之一的成年人处理不了琐事。主要是没有爱，任何一件琐事都在缠斗，满是纠结与怨恨。一粒小石子很琐碎，天天放在你鞋里，那忍不了。

真爱一个人，就不要视他为自己的工具，你的最高目标不能是控制他，让他更好用，让他只是为了满足自己。真爱一个人，是自然地为他的成长而开心。本质不同，细节也呈现不同的感受。不爱的人，无法在琐事上伪装出爱，只会在琐事上暴露出不爱。

爱的强大不应乞求，应展示

连叔：

你好！

我有时候对我先生是有点不满的。任何节日他都不想表现，妇女节他只发3.8元的红包。其实他很爱用“三八”之类的开我玩笑，我不喜欢，很讽刺。反正他不想有仪式感。在这个家，我的工资虽然比他高，但是我负责还更高的那套房贷、支付家庭生活费，还有小孩子的各项支出大部分是我出。算下来，几乎没有闲钱。

我也明示暗示过多次，生活和工作已经很辛苦了，生活的仪式感能增添幸福感，而且又不需要多少精力不需要多少钱的，只要用心就可以了，但他始终不肯，最多陪我散一下步。我甚至说过：就算你发红包给我，我也不会乱花，最终也是花在宝宝身上和家庭里。甚至有个节日吵过一次，但还是没有用。

我白天工作，晚上带娃，人累心也累，为这个家我付出更多。

我的学历、工作、外貌也都不差，也生了儿子（他家重男轻女），可是在他家依然不被尊重。其实他平时对我也不算太差，有空也会帮忙带娃。我只是希望多一点被爱护和仪式感，因为他无动于衷，我有时很无奈。可能我内心里住着个小女孩吧。连叔，是我想得太多了吗？是我错了吗？

MM

* * *

MM：

毫无疑问，你丈夫需要改变自己的行为模式。你的要求很正当。

成年人爱的需求，往往被压力、怀疑和犹豫遮蔽、扭曲了。当我们看不清楚时，把自己和对方还原成孩子，是一个很有用的方法。孩子天然会爱，甚至可以说，他们就是以爱为食粮的，他们直接索要拥抱、微笑和赞美，一次又一次，永不厌倦，这个本能终生不变。永远要记住，相爱的人需要拥抱、微笑和赞美。这不是可做可不做的幼稚的事情，这事关爱情的质量与生存。太久不做，技能消失，人就会变得僵硬。自己挑选的妻子都不会爱，最终的代价一定是自己也不可爱。

在物质更容易得到满足的今天，爱应该更多。不再为生存担忧时，爱的成本极低，它不过需要拥抱、微笑和赞美，不愿意这么做的人，有两个原因：一是愚蠢，二是吝啬。

当我们爱一个人，必然不会贬低他。一个人在成长过程中，对异性、对人性有再多的误解，只要他真正爱上一个人，这些误解都会消失。所以爱是一个人成长的重要阶段，这强大的情感力量可以瓦解偏见。

你的丈夫，依然生活在偏见中。你痛苦，其实，他的命运更可悲。他的行为，似乎不可理喻，一个各方面条件都不错的妻子，对感情的需要不过是收到红包的仪式感，而且终归是用于家庭开销，他竟然不答应。不是蠢货又是什么？

他无法调和认知与事实的巨大差距。在重男轻女的家庭里长大，男性比女性更强大、更优越、更尊贵，这个观念深入骨髓。他的母亲可能软弱，以至于在他的成长过程中，没有感受过女性的强大。当他幸运地得到你，全方位不输给他的一个女人，他处于非常迷惑的阶段。事实让他无法轻视你，但又得维护从小建立的价值观，对女性，要否认、轻蔑，甚至侮辱。他处于一种精神分裂的状态。

你索要节日红包，姿态低下地承诺钱不会乱用，这行为是你自己想得到爱的肯定，更是希望他成长，精神能够融合且健康。

这渴望恰恰给了他唯一的武器，他的潜意识这样运行：这个女人比我更强，但是你看，只要我不给她红包，她就得如此绝望地恳求我。这证明，女性无论如何，最后总要乞求男性。他答应给你红包，完成仪式感，他价值观唯一的立足点不再坚固，他就彻底输了：什么都不如你，还得听你的，给你红包。

你的策略应该相反，从此不再要求他的任何红包和仪式感，不再为这个话题有任何争吵。明年妇女节，他估计还会再给你一个侮辱性的3.8元红包。你拒收，并骂他一句："吝啬鬼，我不稀罕你的红包，这钱留给你自己办大事吧。"平时的生活中，他用性别侮辱你，你只需要简单地算算账，金钱账、时间账，谁为家庭做的贡献大，即可完美击杀，多算几次，他就不敢了。

我们知道自己内心有个孩子，不要忘了爱我们心中的小孩；我们也是成年人，能够保护他，不让他再被人欺负。

你比他强，你要展示这种强大，你的强大不需要他的认可。一个强大的女人，对他有好处。他有自尊，就会变强，他有理性，就会反思。如果他这两者都没有，你又何必在乎他呢？

祝开心。

连岳

感情需要妥协，妥协有章可循

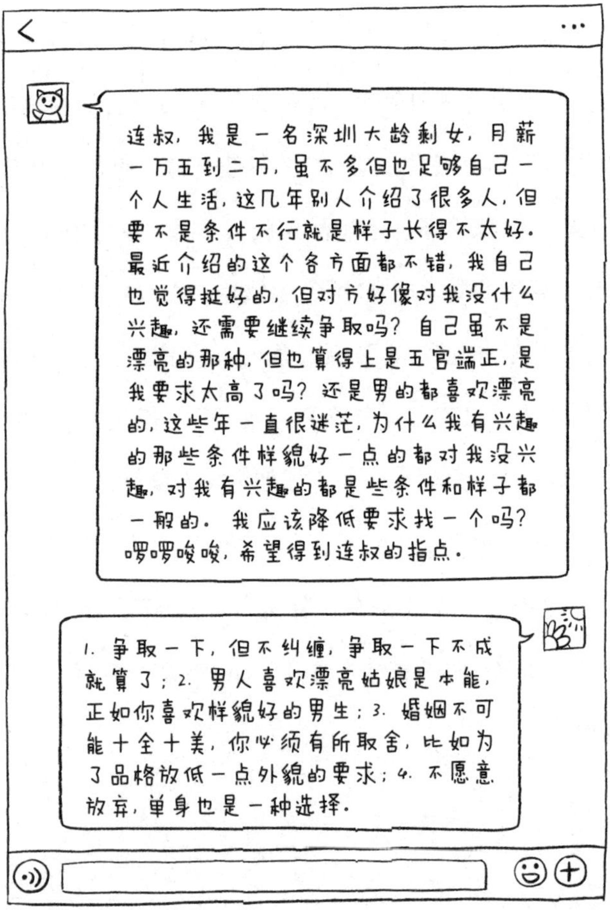

为什么人容易有好朋友，未必有好伴侣？为何友情容易延续，而爱情容易死亡？

最大的区别就是，人在友情中更愿意妥协。我们不会要求朋友很帅、很阔、很有地位，某方面聊得来，一起玩得开心，就行了。如果是发小，有共同成长的经验，那更是无条件接受他。在亲密的友情中，人很舒服，没有压力。

当然，有所谓道德洁癖的人，极度苛刻，他们是不会有朋友的。道德洁癖，有人把它当成美好的形容词，似乎等于高风亮节，但是正确理解，它就是一种病态，跟那种把时间与精力都花在洗手与擦地的洁癖是一样的。道德洁癖更糟糕，因为它必然与虚伪挂钩。道德洁癖都是指向别人，而善于原谅自己，只有自封为圣人，才会有道德洁癖这种病。道德洁癖者，理解不了人类社会的金箴：己所不欲，勿施于人；己所欲，他人同意，才可施于人。

今天不是只做这些形而上的议论，而是说，人们在爱情中，不如在友情中放松，常犯道德洁癖者才会犯的错误，对他人要求极高，一点妥协都没有。

一个完美的情人，各方面都是满分：天使面孔，魔鬼身材，思想家的深度，富豪榜的身家，幽默感不能少，品位不能低，情书写得好，厨艺也过关。这样的人应该是有，但全球可能不超过一百人吧。这个标准有点过分，但是再放宽，也不可能面面俱到。你总得做一点妥协，不愿意妥协，那单身的概率就得提升，陷入这位姑娘面临的困境。

并不是说单身不好。现代人不愿意妥协，自己有工作，有收入，一个人可以富足。但是一个人想结婚，就有必要做出某种妥协。才貌双全，难。漂亮的，你得允许他呆一点；有才华的，你得容忍他不帅。

那些最后进入婚姻的人，其实多少都做出了妥协。年轻时更着迷于皮囊，宁愿追求外貌而妥协掉品德。外貌带来即时的快乐，而品性的作用还在十年之外。有这种警觉，你就不易妥协掉品德，更能发现那些貌不惊人的潜在好对象。外貌美，但品性糟，短暂的新鲜过去，你就得吃苦头。

参考企业的用人原则，其实可以明白一个妥协的排序：

首选德才兼备的。这种可遇不可求，你的平台够大，你的能量够强，才用得起这种人。

其次选德胜于才的。业务水平低一点，笨一点，学习能力弱一点，但他绝不会欺诈、违约，他不会腐败，他总是一个干净的人。

才胜于德的，你只能在严密的监督下偶尔使用，他不适合当你的长久伙伴。在诱惑面前，人性的弱点一定会战胜他，别说损害你的利益,陷你于死地也干得出来。

这原则也可以用来挑选伴侣。太多不幸的感情,就在于妥协错了,他们往往挑才胜于德的。要有美好的合作关系,一不要太挑,不要犯道德洁癖错误,那样没人合你意;二不要妥协掉品德。

其实何止感情,任何选择,都是妥协。任何妥协,都得保留品德。品德才是长久的。

爱你的人有权利听到你的呼救

连叔：

三年前我给您留过言，那时我还是一名实习生，当时刚进入社会觉得好难，但是不停地安慰鼓励自己，对未来充满希望。

现在的我新婚半年，丈夫一喝多酒就对我百般羞辱和谩骂。我原本以为我的妥协和隐忍可以改变这一切，以为我们的生活会越来越好，但就在昨天夜里，我又一次想到“士可杀不可辱”这句话。这样生活下去，我对不起每一位爱我的朋友、亲人和我自己。我没有离婚的勇气，因为我不敢想他的父母和我的父母知道我们离婚会是什么样子。我想离开这个世界，逃避和摆脱这一切。但想到我离开后我爸妈的样子，我只能痛哭。我见过一个姥姥前年失去女儿后的样子，假如我真的这样做了，我爸妈又会是什么样子……（现在痛苦难过的时候不再发朋友圈不再发微博，在连叔这里说了些自己的心里话，希望没有给您传递负能量。）

我也不知道往后我会怎样，我希望世界上真的要少一点再少一点痛苦的人，希望大家都可以简简单单快快乐乐的。

缘来是你

* * *

缘来是你：

你很善于替他人考虑，你怕给我带来负能量。

这么难过的事，当然是负能量。不过，我们把它梳理清楚，解决你的难题，假如有同样难题的人从中得到启示，负能量就会转变成正能量。如果你替连叔想得过多："他应该只喜欢开心的事吧？我的痛苦还是不要麻烦他。"我会不会感谢你，觉得你懂事？不会的，我只觉得你小瞧了我。

你的父母，你的公婆，你始终瞒着他们独自承受，以为他们接受不了，解决不了，无论多爱你都束手无策。最后你给他们一个震撼性的、无法挽回的结果，比如自杀，比如婚姻长期痛苦后他们才发现。他们将伤心自己不被你信任。越爱你就越伤心，爱一个人的最大标志，就是不忍他痛苦。

也许你认为了解父母的价值观，他们可能不太愿意接受离婚，认为它丢脸、羞耻。但这或许是你的误解，他们并不是那样的人；或许你低估了他们的学习能力，当知道自己心爱的女儿婚姻不幸时，他们的自我纠正能力大得惊人。你得给他们知道真相的机会。现在手机录音这么方便，悄悄摄像也非难事，丈夫对你的谩骂与侮辱，呈现给他们。告诉他们，你想有所改变。

万一，他们表现得很冷血，认为你再惨也不能改变。你也不要失望，那证明他们并不爱你，你也不必考虑他们，按自己的想法去做就是了。

你的这种隐忍，其实是被吓得僵化的表现，以为自己装死，天敌就会离开。这只会起到两个作用：一是欺骗那些爱你的人，他们以为你婚姻正常；二是纵容伤害你的人。假如恶是存量，用完就没了，那你可以隐忍；但恶是癌细胞，是增量，越用越多。你越隐忍，伤害越多，直到最后杀掉你。

婚姻的成本很高，时间、情感、金钱，都是大投入。当婚姻出现不可原谅的错误之时，害怕损失的心理将让很多人失去纠正与逃生能力，反而不停增加投入：再过几年他就好了吧？生个孩子他就会负责任吧？孩子大了他就不会侮辱我了吧？他老了就会慈祥吧？最后，坏人非但不会感谢你，反而认为你不过就是软弱无能，离不开他而已。

识人能力随着年纪慢慢增长，人在二十来岁时，对人的判断容易出错，这是成长的代价。那些恋爱时间短，对人了解不够不全, 在激情状态下进入婚姻者, 运气差的, 发现自己走眼, 所托非人, 那成本就会相对高一点。结束一次婚姻, 要花半条命, 但总比浪费整条命更好。趁年轻留着半条命, 很快可以恢复成一条命, 然后因为人生丰富, 体验了很多条命。

祝开心。

连岳

有五个弱点之一的人，不能爱

连叔：

我爱上的是一个不自信的人，有时候觉得好累，而且越爱他越逃！连叔，我该怎么办？

Wang xue

* * *

Wang xue：

这是你几天前的留言，当时答应写一写这事。这并不罕见。

爱是比较高级的情感，目前来看，是人所特有的。但爱又是一个风险很大的事，这份契约建立在自愿维护的基础上。爱的消失，爱的背叛，都是曾经信誓旦旦的人做出来的。当这种不爱发生时，被伤害的人，几乎毫无办法。就算法律会惩罚，甚至将背叛你的人抓起来，你的损失也弥补不了。你的青春消失，你的容颜不再。而且，爱情的副产品——孩子，活生生的，他们的存在不可逆转。在爱中，男性会伤害女性，女性也会伤害男性。伤害自己曾经爱的人，这种行为，并没有性别属性。

人这种动物，没人爱，他觉得受伤害，有人爱，他又怕受伤害。所以人需要谈恋爱，有试探过程。恋爱考验的是识人能力，根据对方表现出来的言行举止，你评估他的将来。这对人来说，是个巨大的挑战，尤其恋爱高发在年轻时，你的情感可能刻意压制理性。当对方体现出明显弱点时，你因为对爱或婚姻过于渴求，便安慰自己，这些弱点以后就会消失的。事实是，以后这些弱点往往更加凸显，令你痛不欲生。

因为爱是比较高级的情感，像一切比较高级的东西一样，有些人是配不上的。在恋爱之前，记住这点。爱孩子都是本能，但不够格的人只会是糟糕的父母，给不了孩子爱。男女之爱也是如此，一个不够格的人，他给你的，只会是伤害。

再好的医生也治不好绝症，只有骗子可以包治百病。真正具有职业精神的心理医生，也会拒绝收治那些无法治愈的人，只有业余爱好者，才敢用“童年创伤”对付一切。高明的医生，在于知道，有些病是自己治不好的。也从来没有病人认为医生可以治好一切疾病。

爱具有伟大的威力，爱可以说是人最重要的工具之一。但爱也治不好人的所有弱点。有些弱点是爱的敌人，当它出现时，就是你放弃的信号，它有这些：

暴力。家暴会摧毁你的一切，甚至真会取你性命。

极度懒惰。这样的人没有稳定的收入，只会增加你的负担。

好赌。贫穷与债务就是他们的命。

彻底没有学习更新能力。

极不自信。有这些致命弱点的人，无论他们在你面前显得多么可怜，都要克制自己的同情，更不要圣母圣父，想用爱拯救他们。他们没人爱，是自然的正义，不要违抗这条自然法。

当你不幸爱上这些人，他们却不爱你，要逃走，那是老天怜悯你。再爱他们，追他们，会被惩罚的。

祝开心。

连岳

幸福是持续进化，所以经营有方

近一个月前，有位读者分三段留了长长的言，一直想找机会把全文放出，但是每天都有更急的主题，没有空当，拖到了今天。

这位读者的故事，可以告诉我们几条幸福的原则：

一、人生和婚姻是可以经营的。好人生好婚姻并不能只靠碰运气，一劳永逸；是你选择了好种子，然后为它维持合适的条件，慢慢长成的。好与坏，都是一个过程，逐渐演化。

二、世界永远在变化，有些变化不符合我们的预期，人的学习能力、自我控制能力，反而能够依靠这些不利变化得到训练，这是进化给你的暗示，你得做出调整。一有意外就放弃，就抓狂，那是变坏的开始。

三、人生、婚姻、事业，基本上是由一再重现，周而复始的小事构成，在熵增与熵减中摇摆。就像你今天把家收拾整洁，两三天后，它又乱了，脏了，需要再次收拾。偶尔，你难免会有厌倦的感觉，但你更要觉得庆幸，这些小事是普通人也能做的，你做多了，就不普通了。伟大的事，都可以分解成小事。失败的人，往往都是小事做不好，小事不愿做。这样的人等不来大事，等来了也接不住，他只会在持续的小挫败中丧失能力与他人的信任。

四、幸福的人是多数。不幸你容易看到，幸福比较不容易看到。不要以为你看到的不幸是主流，幸福才是主流，既然是主流，你很容易成为其中之一。不要碰到一点小挫折就放弃，太多人不是世界不给机会，是他太容易暗示自己应该失败。

好了，下面就是这位读者的故事：

连岳你好！很庆幸选择先生时，以品格作为决定因素，因为他颜值一般，哈哈。结婚十周年，一点点小感悟，愿与你分享。

暑假时娘儿仨均感染肺炎住院。先生十几年来休得最长的一次年休假，做足了攻略，打算去新加坡一周，结果因母子身体问题只能放弃，还得耗费大量的时间精力和口舌去退酒店退机票。

先生第一次带着全家出国，本来充满期待，未料天不遂人愿。但他毫无怨言，默默地按单位7S的标准，给家里来了个大整理、大扫除。不辞辛劳从单位借来标签机，给家里的小物件置放处都贴上小标签。清早起床买菜，陪弟弟去医院住院，做早中晚三餐和家务，晚上还陪弟弟入睡。纵使天气炎热，家务琐碎，医院陪护事物繁杂，他却不急不躁，还利用弟弟吊水的工夫教他认了很多字。工作繁重的他，很难得有如此完整的时间全心全意地陪伴孩子，于是他全力以赴，乐在其中，甘之如饴。弟弟虽然身体不适，但在爸爸的悉心照顾和爱意滋养下，心情愉悦满面笑容。回到老家，他更是千方百计带着孩子玩转乡下。听着哥俩兴奋激动的声音，看着他们怡然自得的表情，我总是发自内心地对这个爸爸生出无限仰慕和佩服。

年轻时，总喜欢甜言蜜语卿卿我我，以为轰轰烈烈刻骨铭心浪漫梦幻才是爱情。历经生活的鸡毛蒜皮柴米油盐，才发现有一个责任感强、品德优良的伴侣是多么重要。

自从有了孩子，先生公司家庭两点一线，工作时尽心尽力，下班后一心育儿，完全没有了个人时间。作为独生子，他义无反顾地挑起照顾父母的重任；作为公司的中层，他独当一面，勇于担当，直面问题；作为一个父亲，他在有限的时间里尽全力给予孩子高质量的陪伴和引导；作为一个丈夫，他努力帮妻子分担家庭事务，敦促指点我飞得更高更远……

曾经少不更事的我以为他要以我为重才是爱情，如今发现这就是以自我为中心的巨婴心态。

他工作负责，事业稳中有升，为我们的家庭提供了稳定的经济来源；他照顾家人，使得老有所养少有所依，为我们的家庭提供了和谐有爱的环境；他竭尽所能支持我事业的发展，一有空就让我从家庭事务中解脱出来，敦促我不断成长。当然，我的生日、情人节、520这样的日子，他也不失时机地发个红包送个小礼物。

虽然我们很少能有二人世界，他也没有闲暇陪我逛街看电影，那又有什么关系呢？他已经把所有的时间用在了最有价值最有意义的事情上。如今我不再怨他没陪伴我。是的，父母逐渐老去，对他们的陪伴可能已经进入倒计时；孩子逐渐长大，需要我们跟我们亲密无间的日子也就这么几年而已；而作为夫妻，我们彼此的陪伴还有一辈子。所以，在一起时，齐心协力经营好家庭；各自独立时，全力以赴追求自己的事业；特别的日子里，花点小心思来点仪式感，给感情升个温。如此这般，岁月甚好。

绝望的主妇

连叔，我已经35岁了，但还是不清楚自己喜欢什么颜色，喜欢吃什么，兴趣爱好是什么，也不知道自己有什么理想、梦想……大学本科毕业工作几年后回归家庭，照顾三个娃、两个老人以及一个连续创业八年忙得团团转的老公。我感觉自己没有自我，我也不知道想要怎样的人生……

我应该一直这样活下去吗?

* * *

昨天看到这位主妇的留言，我的直觉是她太累了，累得麻木，但愿她昨晚睡了个好觉。

这段留言很克制，她并没有指责任何人，不过又很伤感，她感觉自己变得透明，慢慢不存在了。从另一个角度看，爱她的人并没有一直点亮她的“喜欢”。我们爱一个人，当然投其所好，送她喜欢的礼物，请她吃喜欢的菜，逗她笑——谁不喜欢笑呢?

人都有自己的喜好，或者说，有自己的偏好。至少有最基本的喜好，比如贪生怕死，趋利避害。我们发现不了自己的喜好，那往往是这喜好被压抑了。我们判断出这喜好不可能被满足，与其失望，不如先杀了它。正如面对暴戾的家长，孩子往往选择沉默，并不是他不爱沟通，而是沟通只会得到坏结果。时间久了，他就不擅长表达与沟通，连他自己都相信"自己不喜欢说话（沟通）"。如果他运气够好，遇上一位沟通大师，能通过他的语言表达与非语言表达看到他的需求，一点点让他释放，他将会发现自己很爱沟通。

世上的好东西，人都爱。这是人性，如果我们表现得不爱，那我们心里就有压抑与绝望。

现在有不少人选择全职主妇作为职业，但我觉得，她们及其丈夫，很多人并没有做好准备，这份工作要做好，是世界上最难的。难在不认可的人多，无价值感强，违约风险可怕，及抱怨的不正当性。

这些难处，我们一一说来：

不认可的人多。尤其在有些老一辈人看来：家庭主妇那点事谁都会做（哼，还请了保姆），轻轻松松待在家里，可怜我的儿子，天天在外面奔波赚钱。如果丈夫有意无意也持这种观点，以家里的老大面目出现，仿佛是自己养着老婆，那就更糟糕了。

无价值感强。照顾家庭当然很伟大，不过在外人看来，那就是你家的事，做得好是应该的。女科学家、女工程师、女高管、女作家，引发他人的赞叹；至于“这是一位好主妇”，这样的介绍，别人大概就只会“哦”一声吧，甚至心里感叹：“可惜，受了那么好的教育，竟然没有发挥出来。”这种价值排序很稳固，要有心理准备。

违约风险可怕。全职主妇到了中年，此时丈夫风生水起，志得意满，若起异心，他的收割将很残酷。主妇除了财产分割多得一点（这还得依靠丈夫的良心发现和法律的帮助），其余一无所有，尤其是其他职业技能已经丧失，社会对她来说是个恐怖的存在，得花不少时间学习新技能。还有更深一层的“违约”，你倾尽精力培养的孩子，长大了，不过尔尔。你内心的失望，不能说，不敢说，无法说。

家庭之外的所有工作，有一大好处就是你可以抱怨，生气了可以说出来，不满意可以换工作。全职主妇无法选择，只能在自己家干，你不能去邻居家当妈妈，人的本能与现实都不允许。这种工作24小时在岗，法定假期一来，你更累了，却没有几倍的加班费。而遍地的野生心理学家还会胡乱恐吓你：“你不能发火，不能生气，你骂孩子一句，他长大后就会心理变态。你只能当一个纯粹的正面人，只许笑，不能哭；只有受气，而不能发泄。”要人像一台机器一样，不能有自己的情绪，这就是人的变态。

这几种因素结合起来，全职主妇这职业不可避免地容易引发绝望，要有相应的风险意识。首先是丈夫要知道上面几点，从认知到情绪，更能够穿上主妇的鞋子想想问题，老是觉得“你那么轻松，我赚钱才辛苦”，那家很快会完蛋。其次是主妇要有定期的抽离时间，每天有那么一两个小时，独处、看书、锻炼、逛街、打坐，都行，有与自我对话的时空，这样才不会忘掉自我的感觉，也有机会发现并培养专长。每隔一段时间，也要有假期，最多和丈夫两人一起待一两天，给自己的感情一些时间。

你太累了，就休息一下，休息不可耻。最好有意识地预先排好休息时间，不要让太累的情况出现。人生不容易，学会善待自己。

能无情才能有深情，会绝情才会有爱情

连叔：

您好，有些情感问题一直萦绕在我心里，不知道如何是好。就让我把连叔您这里当树洞吧。

先说下我的情况，我马上27岁，在公司认识了一个女的，是同一个办公室的，30岁。我们先是聊天聊了一年，我觉得她跟我在情感、思想上很有共鸣。今年4月，她离婚了，带着一个9岁的女儿，她的婚姻一直是名存实亡的。8月份，她跟我说喜欢我，当然，我也是很喜欢她的，然后我们就在一起了。

我们在一起后，因为一个人曾闹过三次矛盾。第一次是刚确定关系没多久，她连续两天中午一句话没说去跟她那个朋友吃饭。后来她向我道歉，说这样是不尊重我，然后我原谅了她，我们就和好了。第二次是国庆假期的时候，我们一起出去玩，坐车时我在她旁边，不小心瞄到她那个朋友给她发一些很暧昧的话，说什么:“宝宝,我想你了。”然后10月3日那人还打电话过来,她一边听一边很温柔地回应。我很生气,问她为什么要这样?为什么不尊重我们的感情?她说不会因为某个人而放弃另一个。我就提出了分手,因为我不会做别人的第三者,也不会允许别人做我们的第三者。但我很难过!过了几天她回来跟我道歉,说是会尊重我们的感情,尊重我,跟他保持距离。我依然选择相信她,相信她会处理好。第三次是这次,昨天她跟那男的出去吃饭,电脑没锁,我看到了他们的聊天记录(是我侵犯她隐私,这是不对的)。男的还是叫她宝宝,然后他们在我们确定关系后,9月28日吧,还发生了关系,说的那些话还很不堪入目。我当时看到了,全身发烫,真的很生气。我直接问她,在我们确定关系以后,跟那男的有没有发生关系?她一开始说没有,后来我说我看了聊天记录了,她才承认。昨晚她打电话过来说不想分手。我问她,跟这男的有多久了。她说有四年了,之前跟我表白的时候,就想断,但是没断成。我问她是在玩弄我吗?她说不是,她说她对我是真心的。然后我问为什么跟我一起,还和别的男人这样?她回答不上来。那男的40岁,也是同一间公司的,老婆在老家,呵呵。昨天她说希望我原谅她,不分手,她跟那男的断了,她用行动证明。我没有同意,我不想再猜测了,我也不敢再信任了,这样的感情要来也没意思了。

我一心一意对待这段感情，我其实是奔着结婚去的，真的想好好经营，好好过日子。她之前一直跟我说，不想耽误我，但是她的行为我无法理解。在我的观念里，喜欢了就得认真，双方同意在一起了就得有契约精神，而不是用一些我和你没有未来这样的理由，做一些不尊重彼此的事情。

我是一个没有啥社交圈子的人，平常有时间都用来宅在家里看书，看电影，我自以为能看透很多事，心态很好，其实，当事情来临的时候，我内心真的不堪一击。现在我很迷茫，我这样对待感情有错吗？发现了她这样的行为，我提出了分手，但我还是不恨她，而且挂念着她，我现在不知道怎么办。

唠唠叨叨，打扰连叔了。

山

* * *

山：

你不恨她很正常。这姑娘属于善于动情，不善于专情的人，和丈夫早先应该也有感情，不然不会在21岁就和他生了孩子。她又主动，估计也有些魅力，婚姻与感情的契约，对她并无多少约束力。她对一些男性的操控能力又强，在婚内就发展了两个备胎，而备胎又互为备胎。在我看来，你是其中一个备胎，不过你可能不太愿意承认“聊天聊了一年”有什么过错。

她是一个一生不会缺感情，但感情质量不会高的贪食者。行为模式就是不停去招惹他人，得手后马上厌倦，再去招惹新人。她需要通过控制他人获得存在感。她自我判断每一段感情都是真的，但其实她只爱自己，并没有爱人的能力。她需要的不过是“有很多人被我迷住，被我指挥”的感觉。被她惹到了，又动了感情，之后又没有决断力，那是很麻烦很痛苦的事。

还好你有决断力，断了这感情。这段感情培训对你来说，也可增强免疫力，你可避免再次陷入类似的感情疾病，尤其是你的感情资质很好，困扰很多人的条条框框，你并没有。姑娘比自己大三岁，离异，有孩子，在你看来，这都不妨碍你和她结婚。你也愿意原谅他人的过失。这属于什么优势呢？这让你的选择范围大了很多，你遇见喜欢的姑娘，概率就大得多。当然，要改掉太宅的弱点，只在家看书看电影，看不出姑娘好坏。爱情需要实践，多认识人，多参加活动，主动一点多打招呼。对相亲也不要反感，聊一聊，吃个饭，没什么损失，这样机会就多一些。不然的话，就只能在办公室那个小圈圈打转。资质再差的人，聊久了，你也有些感情。有了感情，再来取舍，就不容易客观。

人做决定很难，就因为人是感情动物，感情让一些容易做的事变得很难。慈不掌兵，心软不敢坚持原则的人，当不了元帅，成不了优秀的管理者。我们要把自己管理好，也要记住这四个字。该做决定，该做切割之时，要雷厉风行，不要感情用事。能无情才能有深情，会绝情才会有爱情。不然的话，人生只要遇上一个用感情操控你的人，你就完了——而我们的一生，一定会遇上至少一个这样的人，或是家人，或是朋友，或是情人。

为了少一点这种痛苦时刻，在开始一段感情时，应该做的是资质审核，就像公司招人一样，开列刚性条件。这条件必须是务实的（与你的条件匹配），可行的，健康的。做好这工作，你就不太可能和一个已婚女性聊得无法自拔，她一开始就不符合条件。她想找你深聊，你都得礼貌地拉开距离。没有错误的开始，就容易有正确的结果。太多痛苦的感情，是因为开始时就错了，种了荆棘，再怎么努力，也没法让它开出百合。

祝开心。

连岳

恋爱测出真实，真实提升恋爱

连叔：

你好！

简单说一下我的状况吧，我今年30岁了，是大家眼里的大龄剩女。从小到大我都是家里的乖乖女，好好学习，努力工作，听从家里的一切安排，即使自己不喜欢。我是研究生毕业，在机关工作，过着非常安逸稳定的生活，家里的条件也是中等偏上，独生女。一直以来，虽然不是女神被万人追，但是一直也都是有这样那样的爱慕者追求、示好。但我对待感情一直有一种不死心的态度，想遇到一份像书里写的，像剧里演的那样的爱情。但是现实不可能事事如意，我对他们都没有那种感觉，所以我开始妥协，试着与喜欢我的男生相处。但是偏偏家里又习惯了安排，总觉得他们配不上我，只有家里给安排的相亲对象才配得上我，但我又很讨厌那种速配式的爱情，所以一直僵持，耽误到现在。

直到去年，我遇到了他，生活有了转机。那个时候我觉得人生无望，就想花钱，花钱就开心，然后就去拍写真。他是我的摄影师，我第一眼就喜欢上他了，有那种怦然心动的感觉。就是一种在黑暗里待了好久，终于看到一束光的感觉。于是我就拼命示好，想要抓住他，中间的过程很坎坷。在互相了解中，他告诉我他的家庭条件很差，他没有爸爸，有哥哥，妈妈是打零工的，他也没上过大学，工作辛苦也不稳定。但这些丝毫没有影响我的感情，我觉得所有问题都可以沟通，可以一起克服，但是有一个很大的问题，是他年纪比我小。一开始他说比我小五岁，我已经挺受打击了，但是对他的感情打消了我的顾虑。他确实人挺好的，跟他在一起真的开心。成年人的开心多来之不易，所以我不想放弃。后来他发现我还是那么爱他，才最终告诉我他比我小八岁，那天我哭了好久。他从几乎不回我消息，到后来渐渐被我打动，再到和我在一起，现在已经一年了。我们在一起的每一天都很甜蜜，也很合拍，没有什么太大的代沟。他其实也很喜欢我，但是程度远不及我，所以年龄一直是他内心的桎梏。他曾经也很坚定地要跟我在一起，时间越长，他的犹豫就越凸显。即便我愿意配合他的人生节奏，即便我等他，他还是左摇右摆。我受不了，于是就提出了分手。我其实只是试探一下，但他同意了，而且好像也没有回头的余地了。

因为他的缘故,我跟家里其实已经闹得很僵了,一个保守的家庭不能接受年龄差距这么大的婚姻,我一直承受着巨大的压力,但是对他的感情让我克服了外界的种种。现在他不在了,我有一种失去全世界的感觉。他想继续和我做朋友,要在我难过的时候安慰我。但我拒绝了,我觉得爱过就没法做朋友,是我太极端了吗?

已经快有两个月,我天天哭,止不住地哭,这件事已经严重影响到我的工作和正常生活,我不知道该怎么办。他很喜欢看你的文章,也是他把你推荐给我的。连叔的话总能抚慰人心,可以给我一点建议,让我走出来吗?

LPP

* * *

LPP:

你失去的世界很容易拿回来,给爸妈打个电话,请他们吃一餐他们喜欢的饭,只要你想,你们又会和好如初。

你现在天天哭,失恋是一个因素,另一个因素是你觉得爸妈当初反对得有理,事情按他们设想的发展了,你没有面子,羞愧难当。这是恋爱经验不足的人(主要是年轻人)最常见的错误,如果爸妈不同意自己的恋爱，反而爱得特别来劲，逆反的激情被自己误解为爱情。有时候自己发觉不对，也不愿意承认，越陷越深，不停地加注，希望挽回败局。最后花了半生时间，委屈了孩子，不得不服输，人生却无法重来。所以，两代人的交流畅通，既能表达观点，又不至于伤自尊，是把好观念、好经验传承下去的重要技能。

父母不一定对，同理，孩子也不一定对。他人不一定对，同理，自己也不一定对。两代人在婚恋上的不同见解，对的概率至少是五五开。如果你的父母不是失败者，那你尤其不能忽视他们的眼光。由于阅历，由于看过的人多，他们判断一个年轻人有没有前途，靠不靠谱，往往比你准。心平气和地参考一下，并没有损失。

这次恋爱的好处是，你会发现，你和父母并没有那么大的差距。他们不同意男友比你小，你是不同意男友比你小很多，你们本质一样，只有量的区别。你也不是那么喜欢书里、剧里的爱情，否则的话，男友小八岁，戏剧性这么强，作家和编剧爱死这个情节，怎么会哭。当然，我不是说你错了，年龄只是偏好，像爱不爱吃芫荽一样，无对错可言，你不要因为这点自我否定、自我攻击，也不要因为这个责怪男友。

你父母希望你尽快成家，其实你心里也有这渴望，否则，就不会在生活一切如意的情况下，“觉得人生无望”，又在那个“无望”

的当下，一见钟情摄影师。你内心也渴望尽快遇见意中人。摄影师总在发现美："对，保持这个角度，特别美……对，你低头的样子，太温柔了。"无人不觉得受到恭维。这是你渴望的甜言蜜语，你在当时可能会爱上任何一个摄影师。又戏剧，又浪漫，可能还让你想到婚纱照。

你30岁了，处于爱情的强烈渴望期，渴望到情绪容易低落和失控，这都是正常反应。这个压力只是在提醒你，如果不是对婚姻持可有可无的态度，那就要制订可行的、有时效的行动计划，否则，选择的范围就会变小。从这个角度看，年轻人并不要反感相亲，它提供了一种最独特的认识方式，参与者都追求效率，把自己的条件与要求的条件具体开列。一点也不浪漫，但它好在坦率，不至于谈了一年半载，有感情了，发现对方小你八岁，双方起纠结。

你与父母，你与现实，你与世界，并没有那么多冲突，不需要那么多斗争。多发现彼此的共同点，这些共同点有益于你的生活和你的爱情。

祝开心。

连岳

年轻时的婚约难免出错，要有勇气纠错

尊敬的连岳老师：

您好，我从两年前开始看您的文章，受益匪浅。我感觉自己遇到了人生中一个很大的难题，求解。

我和她是三年前家里熟人介绍认识的。我个人性格比较温和老实，当初认识的时候，感觉也都合得来。认识半年后，我俩结婚了。之后我们的孩子出生，问题就开始爆发了。

第一次争吵是因为钱，婚后买房，我父母拿了十多万，她早产住院，我父母又拿了十多万。我那会刚毕业一年多，手里没有存款。我很感激父母的帮衬，每月的工资除了生活的开销，帮着家里一起还钱。后来她给我提条件，不许还家里为我们借的债，每月的工资她管着，不同意就不跟我回家。当时我父母觉得不还钱也行，只要我们能把小日子过好，他们就替我们还了。我当时嘴上答应，但是心里很不爽。因为我觉得这是啃老的行为，我很鄙视。吵了很久，我还是妥协了。

后来，孩子小，她嫌农村家里冷，跟我到北京看孩子，也是因为一些小事和我妈合不来，不用婆婆看孩子。但是在一起的时候，脾气也渐渐上来了，轻则打骂，重则打得我浑身是伤。对，您没有看错，我被媳妇打得浑身是伤。印象中有三次，是因为小事，她脾气上来了，打得我脸上、身上都是伤口，我还得一瘸一拐地去上班。年前她生气，刷了我的信用卡，由于我改了我的信用卡密码没让她知道，从大年三十，一直闹到大年初一晚上。家里亲戚调和，才算是平息这场闹剧，整个年，我都很郁闷。再后来，她想去上班，要求我妈去北京给看孩子。我当时就说，你在家看孩子，钱少挣点，不要再吵闹。果然，不出三个月，我俩因为一件小事，她又没有控制住自己的脾气，对我拳打脚踢。这次我妈看到我在家里受气委屈地过日子，实在是受不了这个儿媳妇，第二天抱着孙子回了老家。一段时间之后，想到自结婚以来发生的事情，以及她脾气上来之后的样子，过年都没安稳，我起诉离婚。

但是，她不同意离婚，说是自己在家看孩子得了产后抑郁症。过了一段时间之后，我俩沟通了好长时间，她同意控制自己的脾气，以后不动手打我。我们两人在北京算是和好了，但是我没有去跟她家里人沟通，因为她的家人觉得她更委屈，觉得我没有一直体谅她，让着她。虽然我们在北京和好了，但是到国庆节的时候，她哥晚上十二点多，领着人过来抄家，砸门。警察来了之后，才平息了。我当时对她已经彻底死心了，就算她打算和我好好过日子，她的家人也会不断地挑事，搅得我们不得安宁。结婚两年，她家人不是帮着我们把日子过好，反而总觉得我亏欠他们的（嫌当时的彩礼给少了，谁谁二婚都要多少钱等等）。我是彻底没有信心和她过下去了。

我这人比较优柔寡断，而且考虑到孩子将来的生活，实在是不愿意走到离婚那一步。但是每当我想起她发脾气，她和她的家人蛮不讲理的情景，我感觉我得先把自己照顾好再说，不然会被气疯的。

事到如今，她也想过下去，但是总想让我们家里人都怕她，这是她家人一直给她灌输的思想。中间和她学习了心理学，学习了亲密关系沟通法，但是每当她家人提出什么观点时，全都白费了。我现在渐渐平静下来了，想着结束这一段失败的婚姻，但是她不同意。想想结婚两年，给我的家人带来了很大的经济负担，想想自己不够成熟就把孩子带到这个世界上，深夜里会独自流泪，觉得对不起父母家人，对不起孩子，更对不起两年来努力的自己。我们买的房子，她后来套走我信用卡的钱，不交房贷，我现在还欠着债。因为房子没有房本，她不同意卖，买房时出的钱，很难再收回来了。

我和她谈的时候，她一个万能的理由是"我给你生孩子了"。生孩子是很辛苦，但是这样打闹着过日子，我接受不了，我需要不断给自己打气，我可以把孩子养育好，我可以把父母照顾好。希望我真诚的祈祷，可以让我安安稳稳地过好以后的日子。

不知道我走这一步对不对。

杰克

* * *

杰克：

你走这步是对的。

结束这段婚姻，对三个人都有好处，你渴望不受暴力伤害的生活，这很正当；她也获得反省的空间，中止自己的暴力，有利于心理转向健康；孩子的成长也避免了受暴力的影响。如果法庭确认她的暴力行为，更愿意把孩子的抚养权判给你。

只要你下决心，没有离不成的婚。但你更大的挑战是面对自己所谓的"婚姻失败"，如何从这后悔与愧疚中走出来。否则，离了婚，你的心理毁了，生活也难恢复正常。

婚姻是高风险的事，尤其是年轻时的婚姻，但这一点谁也不会说，证婚人哪敢在婚礼上说这点呢？很多证婚人自己也不知道这点。

婚姻的目标远大，两人一起合作度过一生，是长达几十年、近百年，甚至上百年的事业。婚姻的成长类似一家公司、一座城市与一个国家成长，这些要件不能缺：能力、守约、和平。或能接受一些微小的扰动，但扰动大到坏了根基，婚姻就得失败。

能力太弱不行，能力包括谋生能力与道德能力。太懒，太笨，太不思进取，无力养活家庭，只能当寄生虫，得不到尊重，感情将消亡。道德能力弱，则其他方面的能力越强，风险越大，背叛家人，伤害家人，对他来说，毫无心理负担。

婚姻是人生最重大的契约，但它的约束力恰恰最软，一个人铁了心违背婚约，付出的成本没有多大。婚约是典型的防君子不防小人。所以，你遇上婚姻稳定、感情和睦的人，高看一眼是没错的。

能够维持和平，则说明解决分歧、共同成长的机制存在。两个人，无论多么相爱，禀赋不同，成长的速度不同，看问题的角度不同，各自的关切不同。从分歧到争论再到共识与行动，这个处理问题的流程千万次重复。没有和平，则必然陷入混乱与斗争，甚至诉诸冷热暴力，以求强制另一方。

我们能否判断一人有上述三种基本能力？到了你40岁，可能有这个判断力。在年轻时，可能没有。出于动物的本能，年轻人基本是“颜控”，大胸与大脑，往往选择大胸，为了满足性欲，可以不顾一切风险。在理智不足冲动有余的情况下签订的婚约，失败率高是必然的。

当然，代际良好畅通的沟通，从小有健康的情感教育，或者在年轻时有了强大的理智，都能增加婚姻的成功率。但总体来说，第一次婚姻的成功，有其运气因素；失败了，并不可耻，因为太多人在年轻时，并没有能力做如此重大的决定。这是一个有点痛苦的常识，人们往往会抗拒接受。我建议还是接受它，这样，在确定婚姻失败时，你不会苛责自己没有做出完美的决定，面对失败才能终结失败，而懊悔、拖延、不承认现实，都只会让失败的婚姻更加失败，最后让你以彻底放弃人生、放弃世界的绝望接受失败的婚姻。

要有勇气结婚，也要有勇气离婚，更要有勇气再去恋爱。

祝开心。

连岳

过年的经典难题，现在要做准备了

连岳老师：

关注您很久了，非常钦佩您！以下写的可能属于情感垃圾，可是此时此刻我特别希望您是我的良师益友，能为我指点迷津！

2016年结婚，我河南，他山东，当时双方家里极力反对也没能阻挡我们在一起。还是年轻没有考虑到远嫁会出现的矛盾，现在我们双方都很后悔，因为吵了太多架！我们在北京租房，婆婆公公帮忙看孩子，所以春节才回老家。之前结婚时我们商量好以后过年双方轮着来，2017年头一年在老公家过年，2018年考虑到宝宝出生头一年，家里摆酒也在山东，今年就该轮到回我家过年了。

都是北漂，几乎回不了几次老家，可以说春节才会回去吧，所以我父母也很想孩子，也期待我们回去。我考虑到老公是独生子，想到过年接上公公婆婆一起去我老家过年，但他们不愿意。除了饮食不习惯，河南那边冬天的气候也不习惯，每次他们都一口回绝。我考虑了一下，如果他们愿意去最好，不愿意去我也会尊重老人的意见不去勉强他们，毕竟他们舒服最重要！

问题就在于如果今年老公跟我一起带着孩子回我老家，他父母不愿意一起，就得老两口自己留山东过年。老公就心疼了，他说从小到大从来没有和父母分开过，也不舍得春节他们孤零零的。为这个事儿就吵起来了，他说他从小到大就没和父母分开过，说到这儿我心里特别不平衡，凭什么我远嫁到你家来好不容易回老家过个年和父母团聚一下你就委屈的不得了。

婆婆说他们老家的习俗从来没有女儿回娘家过年的，对婆婆公公不好。我听了好气又好笑，无奈又悲哀。我们双方都是农村的，所以父母这一辈都很封建，我真的没想到人性的天平会往利己的方向倾斜得这么厉害；一直以来，我在家里的默不作声和对老人的让步最终一步步让自己沦落到毫无话语权的境地，老公不愿意回我家过年就直接赤裸裸地说出来，一点也不掩饰。我总说他是被惯坏的独生子，但凡有勉强自己的事他都不愿意做，但是一个家庭，除了自己的意愿以外有时候更多是责任，是义务。我愿意为这个家去他家那些我不愿意去的亲戚家，可是他就很强硬地摆出一副“我不愿意去你家以及你那些亲戚家”的样子，而并不觉得有任何不妥，并且他不愿意去谁也拿他没办法。

至此我多少次劝自己，不对他抱期望就不会失望，我的父母我自己孝顺用不着他，他的父母也别指望我当什么贤惠孝顺的儿媳妇就行了。真的是人善被人欺，马善被人骑。他们倒过来说我不孝顺不贴心，说到这儿我觉得好绝望，这样不对等的家庭关系真的太消耗能量了。想过离婚，可是成人的世界里离婚谈何容易，会牵扯到方方面面。我怕孩子会缺失任何一方亲情，但自己又深陷于家庭矛盾的泥沼中不能自拔。还望您能指点一二，万分感谢！

闲敲棋子

* * *

闲敲棋子：

还不到离婚的地步，方法远未穷尽。

而且我认为你们的婚姻基础挺好，应该永远不会离婚。体现在两点：

一、你们意志力坚强，敢做决定。双方父母极力反对，你们也按自己的意志结婚了。看起来也很快和各自父母修复了关系，现在并不对立。

二、你们对婚姻的风险有准备，有对策。婚前就对过年问题有了预案，轮流到双方父母家过年。

有意志，有远见，能把婚姻经营好。

可惜的是，你丈夫撕毁了约定，生出了事端。婚姻约定是最典型的君子协议，一方毁约，另一方基本毫无办法，无论怎么折腾，损失肯定产生，毕竟人生不可逆。但正因为婚姻是君子协议，它反而更美，一诺千金。答应你的事，我就会做到，这才体现爱，受强力逼迫才做，爱在哪里？

在和丈夫的沟通中，你可以强调这点：这是你对我的承诺，这是我们的约定，我没有额外要求更多，我只是要我该得的。对相爱的人来说，这已经足够有威慑力，多扯别的，反而转移焦点，不利于解决问题。

不要扯公婆的观念，他们观念从前如此，以后也如此，不会有变化。再说，他们帮着带孩子，又辛苦又解决你们后顾之忧，功大于过，不宜一有矛盾就放狠话，把功劳全抹掉。那样你做事就和你丈夫毁约一样，别人会觉得你不可理喻：我们做的事，你全看不到，有你不满意的，你马上全盘否定，声称以后再也不贤惠。这对自己形象不好，也容易让自己失去舆论支持。

不要扯丈夫不爱见你们家亲戚，他们之间本来就没什么关系，不爱见是正常的。这点小事由他，在你们家更自在，显出你这个妻子的体贴，也让他更没有压力，以后更爱去。你愿意勉强自己去见他的亲戚，那是你更周到，而不是为了有个要求他的由头。这些小事不要搞对等，比个没完。婚姻里的鸡毛蒜皮，让人头疼胸闷，抓大放小，才能清爽呼吸。解决问题和吵架，表面上看起来差不多，本质上的差距，在于前者不转移议题与焦点，后者不停更换议题，为发火而发火。

你要抓的大是什么？是丈夫坚持毁约，怎么办？

做好今年春节自己带孩子回娘家过年的准备。既然谈不拢，各自回家陪自己的父母，就是一个好选项，谁的父母都不必“孤零零”。现在的年轻人，远离双方父母的，比例高，与是否远嫁没有关系。在新常态下，就要有新办法，各自回家就是新办法。明年他若再毁约，你就继续今年的方法。

谁的父母都是父母，对待他们，也要用同一套逻辑。你用行动表明不接受双标，就行了。春节结束后，小家庭再团聚后，不要带情绪，正常过日子。你有办法解决不公平，未来只会更好。

祝开心。

连岳

答女儿

连叔：

人为什么要结婚？

这是隔壁美女同事问我的问题，真把我问愣了（我们都刚大学毕业，在体制内工作）。

老教师说结婚是为了传宗接代，女生结婚是为了完成生育任务以后有人养老。这可说服不了我们。

我本来有些回避型依恋人格，看你的和心理学的一些文章，才刚想要鼓起勇气，趁年轻抓紧时间去爱。

可是人为什么要结婚呢？不知道如果是你自己的女儿，你会怎么回答这个问题，你希望婚姻能给她带来什么呢？

女儿

* * *

女儿:

女生应该考虑这个问题。这个问题的提出，本身就证明女性地位的提升。

女性地位低时，你非结婚不可，无论想不想得通，有没有爱，到了年纪就嫁人，从父母家换到丈夫家，继续干活。不然你就活不下去，你是文盲，又没有工作机会，再多不满也得忍。

现在中国女性有了教育权和工作权，有能力的很多。对于她们，歧视女性的观念，除了听起来不痛快以外，实际上已无杀伤力。她们想怎么活，就能怎么活。也因为如此，婚姻的理由不再唯一，它不再是不可挑战的教条，每个人都可以有自己的想法。当女性无法被强迫时，就只能用理性达成婚姻这个契约了。

传宗接代，养儿防老。一直是传统的婚姻理由，是主流。现在听起来不那么酷，但也是正当的理由，一个人因此去追求婚姻，无可厚非。我就是喜欢生孩子，为了实现这个目的，我甚至可以忍受一个不那么爱的男人；我努力抚育孩子，希望在我衰老时他给我情感和/或经济上的帮助，有什么不可以？难道不是一个人的自由吗？

你认为传宗接代并非必须，对自己的老年生活有信心（甚至无所谓），也是你的自由，也可以。这只是偏好，萝卜青菜，各有所爱。全世界爱萝卜，你独爱青菜，也不是罪。事实上，有些身份也是拒绝婚姻的，比如僧侣。一个人过于痴迷自己的事业，以至于没有时间与兴趣陪伴家人，我认为他也不应该有婚姻。

但是人会爱人，这是人最有趣的本能，就像我们爱夏日的清风，爱蓝天的白云，一朵花都能打动你的心，何况是一个美人？

你爱上的人，就是美人，你觉得他特别帅，有说不完的话，怎么都腻不够，舍不得睡着。你喜欢他，怜惜他，崇拜他，有时气他厌他，但总是想紧紧地拥抱他。和他在一起，你更美，更坚韧，更快乐，更幸福，更智慧。你们互相依赖，互相成就，像蓝天衬托了白云的白和轻逸，而白云又突显出蓝天的蓝与纯净。此时，你想，我们必须永远在一起，同甘共苦。这就是婚姻最酷的理由。

婚姻是爱自然而然的结果，认真去爱，爱能给你最好的答案。

祝开心。

连岳

爱情麻烦论

连叔好!

我是一个即将步入而立之年的男生,不知道是幸与不幸,我恰好也喜欢男生。与所有到了这个年纪被催婚的异性恋一样,因为疫情被困家中的这段时间,成了长辈逼迫我相亲的绝佳时机。

我父母都来自农村,受的教育也有限,我又是独生子,所以我向他们出柜的勇气几乎为零。我也决不会为了做自己,使他们陷入绝望伤心的境地。于是,摆在我面前的只有两条路:

一、坚称自己不打算结婚,一个人可以过得很好。这当然也同样会令他们担心、无助,甚至有一部分伤心是因为他们自己没有孙子可以抱。

二、找一个女同性恋"形婚",但这是我目前无暇顾及的事情,因为我还没有找到我的灵魂伴侣。更别提后续的许多麻烦事。

无论走哪条路，即将30岁的我都觉得身心俱疲，陷入无法走出的困境。很想知道，无法出柜的同性恋还能有其他的选择吗？

此致，祝您一切顺遂。

盖茨比

* * *

盖茨比：

很开心看到你的底线是不想伤害任何人。不想伤害父母，也不想伤害自己。有这底线，人生犯大错的可能性小很多。很多人具有不伤害他人的善良，但没有不伤害自己的坚强，最后往往选择伤害自己讨好他人，放弃自己的观点、放弃自己的利益，甚至是人生。这样的一生，没什么意思，相当于没有存在过。

我们坚持自己的观点，认为那样才能更好地解释世界，并让自己活得更好。那么这是不是为了说服别人？表面上是，别人认同我们，这让我们得到满足；但本质上并不是。我坚持，因为那才是我自己，这就像猪肉罐头，必须是猪肉，换成牛肉，也是罐头，也有肉，但它就是另一种东西。我要馒头，你硬给包子，说都是面点，还加了馅，我也会生气。

我坚持自己的观点，并押上自己的一生，得之我幸，失之我命。这才是对自己的观点负责，这样负责的人，也会顺带造福身边的人，至少不让人反感。只有软弱的人，才会不停地强迫他人和自己一样。

同性恋，无论它是观点还是偏好，是先天还是后天，都不重要，重要的是，那最合适你。在中国，同性恋至少不会受到迫害，社会的包容度挺不错了。中国是个世俗社会，没有宗教极端力量，有这个好处。这时候要避免少数的矫情：我是少数派，所以大家要更关心我，更爱护我，让我活得好一点。没什么人是容易的，多数派的异性恋就容易吗？一样很辛苦的。

你认识到父母的认知极限，不用自己的性取向去刺激他们，并想极力满足他们对传统家庭模式的想象。这个选择温暖且务实。但这就意味着你必须接受更麻烦的生活，找一位女同性恋“形婚”——毫无疑问，这也是婚姻。婚姻就是契约——这婚姻可缓解两对家长的焦虑，也可让你们逃脱逼婚的压力；在现有的法律限制下，有了婚纸这张法律文件，更容易有孩子。真喜欢孩子，会接受抱养的，爱与血缘并无必然联系。

这样一通复杂的操作，不伤害所有关心你的人，就是麻烦一点。不过，也得为异性恋一辩，我们的婚姻也有大把麻烦事，任何一种类型的爱，都很麻烦。爱增加生活的变量，复杂度呈几何级数增长，怎能不麻烦？

认为爱只有欢愉，没有麻烦，那是对爱的大误解，用这种误解去追求爱，必然成为逃避者，最后伤害爱。爱上一个人，随之而来的就是麻烦事，房子麻烦，挣钱麻烦，家务麻烦，孩子麻烦，双方老人麻烦；你不想麻烦，则对方只能更麻烦。

你化名“盖茨比”，想必也读过最伟大的（爱情）小说《了不起的盖茨比》（我对这部小说的评价，可参阅我公众号上的推荐文章）。穷小子盖茨比的爱情观就是不怕麻烦，爱上了富家女黛西，那没什么可说的，去挣大钱，征服纸醉金迷的纽约。盖茨比的麻烦难度，可比你的“形婚”大多了。

不怕麻烦，去做自己爱人的盖茨比，这才是爱应该有的勇气。

祝开心。

连岳

谈好白开水之爱

连老师：

您好！

大学时期就听说过您，那时候互联网刚刚起步，都是从杂志和报纸上看您的文章。至今也有十年了，这十年时间也是我人生中重要的时间，学业，工作，婚姻，家庭都在这十年内完成了，至于这十年有什么收获呢，真是一言难尽。

刚毕业两年，家里就催着结婚。我自己也是没脑子，稀里糊涂地就想找个人结婚。其实我自身条件还是不错的，2013年我的工资就拿到了六千多元，外表还算可以。可是我这个人特别不自信，同时自尊心又很强，这真是一个可怕的矛盾。因为不自信，从来不敢主动结交朋友，因为自尊心强，在与人相处中要是哪个人让我有一点点不开心，我就从此不与他联系。最后我找了一个木讷的人，因为刚开始他什么都顺从我，并且我还算比较独立的人，不喜欢麻烦人，所以基本上我们之间没有什么太多的不和。即使是结婚，我都没要他家彩礼钱，我自己还带了十万元过去。我是农村的，我没有要自己的父母掏钱，都是我自己上班存的。因为他家也是农村的，所以我也没要彩礼钱。当时觉得自己很高尚，现在来看，就是一个彻底的大傻瓜。

婚后我很快就怀孕了，我辞去了工作，把孩子带到两岁。这两年中婆媳矛盾不断，我生小孩因为乳腺炎住院，他们家都没有一个人来照顾我。我一个人在医院住了七天，每天是想吃饭的时候在打点滴，等打完点滴，天都黑了。最后是乳腺炎好了，胃又出了毛病。孩子的爸爸就是因为要上班，他家人说医院有护士，不用请假过来，所以就任我一个人在医院。这是产后一个月的状态。

后来考虑到孩子要上学，我们买了一套学区房。买了房子有压力了，我就开始出去工作。几年没上班，社会变化快，开始我都没有找到合适的工作。那几年，我一边工作一边在计划着换行业，开始重新学英语，考教师证，一步一步实现梦想。我一直很努力地想改善生活，白天工作，晚上带孩子，等孩子睡着了再学习。可是孩子的爸爸这些年来没有任何改变，上班，刷手机，追剧；没有任何社交，没有任何计划，就那样过一天算一天。他不跟你谈未来，不跟你谈理想，只要有饭吃就行。

现在孩子上一年级了，我每天工作挺忙的，当老师也确实辛苦，培训机构的老师更辛苦，每天备课、上课、批改作业、跟家长沟通，事无巨细。有时候没时间管自己的孩子，就让他辅导。可是他辅导孩子也能把我气死，他本来脾气就不好，易怒，要是孩子没有听他的，他就开始大声嚷嚷。有时候还骂孩子，说些难听的话，那可是他女儿啊。

我以前还幻想着男人能撑起家里的一片天，幻想着他能给我们创造好的生活。我现在彻底不对他抱有希望，因为希望越大，失望越大。这个男人在外没有社交，没有朋友，在家不做饭，不做家务，天天追剧。我是真的对他太失望了，我对他没有任何要求，只要求他说话的时候不凶我和小孩就可以。可是这个都好难，每天我都活在煎熬中。

不是没有想过离婚，可是两个小孩，放手哪一个我都舍不得。继续生活呢，我是真的很累很累，身体累，心理也累。

连老师如果有时间，希望能给我点指引，谢谢！

Shirley

* * *

Shirley:

你其实问了一个非常难的问题。这个问题在许多家庭都存在。

按你的描述，我从第三方的角度，给你们两人画个像：

你是强大的。事事不落后于他人，除了自己赚嫁妆，自己一人住院，想拿证就能拿证，想工作就有工作。当然，你并没有强大到无视他人看法，体现在别人让你有一点不愉快，你就可以终结关系。这也说不上错，你活得好好的。它还会演变成奇特的动力，既然他人都不太安全，你就会不停向自己要力量。这就是弱点变成了资源，自卑转化为动力。

没有这种转化力的人，自卑就会杀了他，他不敢行动，却越来越完美主义。想得更美，做得更差，这其中的落差增加了自卑的力量。你现在后悔“稀里糊涂”结婚，某种程度上也体现了你本能的务实，并没有把标准定得高高的，非100分的男人不嫁，70分左右就嫁了。

现在来画画这个男人。

他独立养了几年家，该买学区房就买学区房。仅从买房这点来说就不容易，有些男人根本不认为自己应该买房，有些男人买了房却愁眉苦脸害怕房贷，有些男人不仅没房，还给你折腾出一堆债务。碰上这些男人，你人到中年，有个窝住，都觉得苦尽甘来，如释重负，他终于成熟了。你的男人，这些戏码一点都没有，你少了非常多烦恼。我的意思是，如果当初结婚时他是70分，现在分数没有降，我甚至认为还可以加几分。

至于所谓的没有社交，没有朋友。从另外一个角度看，这不就是顾家吗？社交这东西，看淡一点，你自己就看得很淡，也要允许他淡。太爱社交的男人才是灾难，天天醉醺醺，满嘴大话，说不定还搞三搞四。男人的前途主要靠自己的实力，不靠社交。自己强，社交才会锦上添花，弱的人去混社交，喝死了也没人记得你。

你的男人就是一杯白开水，你觉得他没什么味道，其实挺健康。你对他的接纳度提升，善意爱意增加，他会变得更主动，更温柔。木讷的人，他的情绪往往是你的镜像，他是被动的跟随者，你做好引领者。主动发起话题，一起散散步，找个剧一起追，聊聊他的工作，多用肢体语言沟通。方法很多，越用越多。

你们家庭的驱动因素是孩子，你为孩子辞职，你为孩子买房工作，你为孩子被骂生气，你为孩子无法离婚。他应该也是如此，只是做得没你好。驱动因素没有高下之分，驱动因素是孩子，那家庭至少可以稳固到孩子上大学。在这个漫长的时间里，两人调整与成长，是挑战，也像恋爱，如果成功，将跨过那个危险的时间点。你们的成功率不会低，在疫情期间，许多夫妻的困扰是财务与工作，你们没这担忧，经济基础牢固。在这之上，慢慢提升沟通效率，更容易做到。

祝开心。

连岳

爱，离不开慷慨

连叔：

早安。

知道您时间宝贵，我就开门见山地说了。

我是一个13岁孩子的母亲，认为自己还是积极向上，勤劳的。接送小孩上学，经常给家人做早晚餐（午餐各自外面吃），周末做一些小吃，陪孩子看书学习、运动，家务全包。平常工作不忙，这些我一个人都能应付，偶尔叫孩子一起帮忙。就怕工作遇到新产品导入，一时间忙得像陀螺，就没时间接孩子和做晚餐。您可能会问：孩子爸爸呢？

我就是很想跟您说说他。他一直在我们娘俩身边，我俩是校友，认识才知道是老乡，从农村考学出来，再来珠海打工，安家在珠海。有车有房有工作，一家人一起，平安健康，我很满足，只是孩子爸爸经常让我很委屈很心塞。他认为：女人就应该照顾好家里，照顾好孩子，这些都是女人应该做的。我再忙再累，他不主动帮忙分担。我寻求他帮助，他也会无情拒绝。在家几乎就是甩手掌柜，心情好时周末会跟我一起买菜，偶尔炒菜也只限掌勺，配料哪怕一棵葱我漏洗了，他都会喊我进厨房洗了给他。

最近新项目我会经常加班，不能在他到家前回来做饭，他就会生气地说："钱没赚几个，家也顾不了！"这让我委屈，我没他会赚钱，他工资比我高30%，另外还有一些不确定收益，总额可能是我的六倍吧。房子车子大头都是他出，我负责月供。我想是因为他赚钱比我多，才对我这么嚣张。他不做饭，只能点外卖或者吃泡面，吃完了也不收拾，全摆桌子上。孩子也不接。我只能自己下班后赶过去接，太晚我就让孩子坐公交车回家。

您可能说家里经济条件还可以，可以请保姆之类。这行不通，他是超级节约的人。虽然我花自己工资买点什么（主要是孩子和家用），自己工资也会存下一半，只要他觉得没必要花，就说我乱花钱。他大部分钱会让我存着（他让存的这些钱我一分不敢花），有时他还觉得总存款不止这些，觉得少了，还要求我打印所有银行流水，支付宝账单等给他查看，还说："别让我知道你乱花钱，偷偷地把钱转走了。"我感觉被冤枉，不被尊重，也觉得这样做夫妻，超没意思。

为了家庭的和谐，我也尽量能忍就忍，不与他正面冲突；尽量做一个他希望的贤妻良母，尽量早下班给他做饭，即使在他对我发脾气，我俩冷战期间（孩子一般托管晚餐，我不吃晚饭）。身边朋友同事就说我傻，是因为我对他太好了，太惯着他了。从一开始我就觉得我俩都是农村来的，大家都不容易，他也辛苦，就处处为他着想。多做一点也没啥，但这样得不到他的认可及关爱，让我很委屈。

这么多年一直委曲求全，过得好累。虽然我一直提醒自己：把自己当成单亲妈妈，不指望他帮我，就不会让自己失望。但内心对他还是有所期待，希望他可以让我觉得温暖一点，总感觉一家人过得没有爱，没意思。一家人不就应该互相温暖着彼此吗？还是我该彻底放弃这个想法，对他不做任何指望？

连叔，您是那么智慧，能给我一点建议去改善这种夫妻关系吗？期待您的回复，如果不能，也如您所说，是对自己的一次梳理。

感恩感谢遇见您，顺祝您和连太开心每一天！

傻女人

* * *

傻女人：

先做一件可以让你舒服一点的事，让他管自己的钱。这样可以省掉他经常的猜疑、指责与查账，你受的刺激可以少许多。

确实如你所说，他只要稍微改变一下观念，对家人温暖一点，信任一点，疼爱一点，你们这个小家庭就是完美的。我们挣钱为了什么呢？主要不就是为了让家人开心吗？钱再多，家人的处境得不到改善，那相当于嘲弄羞辱他们。但是这个简单的道理，有些人理解不了，极其吝啬，花任何一分钱都让他痛苦，他和家人的生活只能保持在最低的水准。我认为，这是天生的，可能是基因缺陷，是无法被说服的。你只能接受他终生如此。

他不许你请家政服务，甚至不愿意做任何一件他认为应该你来做的事，包括接孩子，这就是吝啬的体现。其中的逻辑链条是这样的：我娶了老婆，她就应该做这些，如果她不做，那就让她占便宜了。吝啬者，不会让任何人占便宜。爱一个人，温暖一个人，是主动付出，这不符合吝啬者的原则。

不幸中的万幸是，他不是最吝啬的那种人。不然，他就不会把钱交给你管理，更不会出大头买房买车。极度吝啬者不会买房，因为房价可能出现的下跌会伤害他们，甚至房价涨得慢也会伤害他们，让他们有损失的痛感，只有拿着现金，他们才觉得放心。你的丈夫，在这种大事面前，还是愿意付出的，以后孩子上大学，买房，这些让人头疼的大笔开支，他不会缺席，这点也算提供了一点安全感。

你是一个能干的、包容度高的、体谅他人的女人，娶了你是幸运。你的生活重心可以调整一下，不再试图直接改变丈夫，这样只会刺激吝啬者的警惕心，因为你的建议都是让他花钱与付出的，他只会更加吝啬。你要把爱放在自己身上，放在孩子身上。对自己好一点，不苛刻自己，也把孩子培养成一个阳光大气的人。你花自己的钱，丈夫也会抱怨，你不要生气，知道这不过是吝啬者的病态，他说他的，你做你的。随着你的收入增加，消费程度提升，他的容忍度也得被动增加。孩子长大了，一家三口，有两个人正常，他的吝啬即使没改，也伤不了你们了。

祝开心。

连岳

我才25岁，要不要当后妈？

连叔：

您好！

关注您快一年了，每天阅读您的文章，我觉得您是一个很有智慧，很可靠的人。现在我遇到一个纠结很久的难题，想听听您的意见。

我和男朋友在一起十个月的时候，我意外发现他离过婚而且有一个6岁的儿子。我很崩溃，我找他对质，他坦白了，说不敢告诉我，因为害怕失去我。最终我选择了原谅，并且继续和他在一起。

和他继续在一起的原因第一是因为他是我的初恋，而且擅长音乐，是一名歌手（不出名，经常接一些小商演），我本人又很喜欢唱歌，所以志趣相投。第二是我们性格很搭，在一起很开心融洽。最后还有就是他工作很上进。

但是我又很纠结，担心未来的我会过得不好。我俩经济条件都一般，而且我很介意他有个孩子。他大我九岁，我25，他34，没房，存款不到十万元，工作不稳定。婚后还要抚养他的儿子，肯定会影响我的生活质量，而且我根本不会当后妈，也不想当后妈。虽然他承诺我孩子由他爸妈抚养，不跟我们住在一起，但是我担心以后他父母生个病或者年龄大了，孩子最后还是要跟我们住在一起。另一方面不知道他离婚的真正原因是什么，害怕他对我还有什么隐瞒。最后，我父母和亲人肯定不会同意我和他在一起，我不敢把他离过婚还有个小孩的事实告诉他们。

令我最纠结痛苦的还是他有一个小孩，我现在每天都处在幸福和纠结的挣扎状态。一方面设想我们结婚好好过日子，一方面又想离开他开始新的生活（但是我舍不得，除去他儿子原因，我们相处很融洽）。

连叔，请您帮帮我，我真的好痛苦，我到底该怎么办？

泪告白

* * *

泪告白：

你有个优点，就是在恋爱中会考虑一些现实的问题。他有没有钱，他有没有房，他是否有婚史。才25岁，又喜欢艺术，这样的姑娘，往往不具备你这样的能力，一听到对方唱歌好听就嫁了。这样的婚姻就是撞大运，多数情况是惨淡收场。

当然，我并不是说没钱没房有婚史的人就不能嫁，人在年轻时，没钱没房也正常。人有这样那样的不足，所以才需要谈恋爱。有时间足够长的亲密接触，他无法隐瞒自己的综合能力，尤其你知道他的不足后，这时候得出的判断才足够理性。

决定和一个人结婚，是预估他的未来，他的性格、能力、责任感，能否保证他给你、给孩子和家庭足够的、稳固的、长久的爱。答案是能，那现在没钱没房，将来会有钱有房。财富与地位，不过是一个人性格与能力的外化，该有时，一定会有。

一个人的性格与能力让人产生足够的信任感，那么，你可能就不会担心他的缺点。一个单亲爸爸，如果他能把自己的孩子照顾好，那体现的是青涩男人没有的成熟魅力，不再是劣势。一个人照顾好自己的家人，是自己最好的人品证明。

来说说你这个34岁的男朋友。

和他处了十个月，你不知道他有个6岁的儿子。这个年纪的孩子，很依恋父亲，你和他处十天，就必然知道。他不会隐瞒，也隐瞒不了，生活中到处有儿子的印记，天天要和儿子通话，至少周末要陪儿子玩。他能瞒十个月，如果不是意外，可能瞒到和你结婚以后。

你这个小女朋友不想当后妈，他的解决方案很干脆：我把儿子交给父母就是了，你不用操心他，他不会影响我们的婚姻。你似乎动了心，如果他的父母能够一直照顾他的儿子，是不是也是好办法呢？

你这个笨蛋，醒醒吧。他的解决方案不刚好证明他是一个连儿子都可以抛弃的人渣吗？

他抛弃儿子，让父母为他收拾烂摊子。嫁给他，你的结局好不到哪里。

祝开心。

连岳

如何理解爱之遗憾

连叔：

您好！关注您很久了，经常看您给朋友们解惑。您的文章让我学到很多，真心感谢！最近我也有一个烦恼，恳求连叔指点迷津。

我今年29岁，家境不是太好。因为圈子小，只能靠相亲认识男生。去年接触过一个条件好的优秀男生，在一起后相处挺愉快，偶尔因为对方不体贴拌拌嘴，但是没过多久一次小吵就分手了。我询问过原因，对方表示一是性格不合，二是他妈妈希望找家庭条件好点的（虽然在一起前对方家里就知道我的情况）。这段恋情两个多月，时间短，但是我非常受伤。这一年多我反思了自身的问题，也认识到婚恋市场的现实，认识到不在乎家庭条件的男生有多珍贵。

今年遇到一个男生，年龄和我一样大，辞职在家考公务员。

我告诉他我的家庭情况，他说他家可以接受。他为人善良，家庭氛围好，爸爸妈妈共同分担家务，他也是一个愿意分担家务的人。我现在犹豫的，一是他的工作问题，考公迟迟没考上，也没有专业技能；二是他啰嗦爱说话，相处时我是觉得不舒服的甚至是不喜欢的。这种情况下我该接受这个男生吗？我一方面想要安稳的家庭生活，另一方面我担心这两个原因导致婚姻不幸福。

我知道婚姻要考虑的问题很多，我担心自己考虑的大都是现实因素，而弱化喜欢的重要性。我希望自己在步入婚姻前能解开纠结的问题，更加理性地对待婚姻。

迷路的小猫

* * *

迷路的小猫：

你能从分手中迅速走出来，去接触下一个候选对象，这是难得的优势。对婚姻有强烈的渴望，你就容易得到婚姻。

反之，“有没有婚姻无所谓”“随缘啦”之类被动消极的态度，让人更难得到婚姻。当然，极少数人有这个“消极”特权，那是他知道自己各方面因素无可挑剔，家世好，高富帅，自然有别人采取主动，他慢慢选择就是了。即使这种婚恋“特权”人士，时间也是残忍的。挑个没完没了，挑到40岁，头秃了，肚子大了，“特权”照样被剥夺。

一个人在极年轻的时候，就想清楚他不需要婚姻，这是个例。绝大多数人，从基因本能到社会认同，他都需要婚姻。嘴上说不要，不过在骗自己，只是浪费自己的时间。把时间浪费完，就只能真不要了。

年轻人除了承认自己需要婚姻，还要克服一个更难的点：婚姻是现实的。你总得接受对方身上某些你不那么喜欢的因素。他善良稳重负责任，但就是不够帅，最后你能接受他的长相，而且能够抑制住自己婚后出轨更帅的人。听起来就很难吧？确实，婚姻就是难的，正如单身也是难的，人生也是难的。为了得到，任何一种生活方式，我们总得付出某种代价。

我们总认为，降低自己的某个婚姻标准，委屈了自己。这时候如果站在对方的立场想一想，委屈就没了。因为我自己也不尽如人意，对方最后接受我，那一定也是降低了某个标准。恋爱的过程，其实就是展现自己实力与优势，让对方可以降低其他标准。我很能干，所以家境不重要。我很温柔，战胜了我的不够美。我赚大钱，你可以忽略我不够帅。我是大名人，你就不嫌我年纪大。以后在婚姻生活中也是如此，不可能事事愉快，只是其中的愉快让人愿意接受不愉快。

这个原则，用在今天这个事例上，就容易选择了。如果确定这个男人是善良的、负责的，那么，他接受我的家境不够好，我也应该接受他话多一点和暂时没工作。

祝开心。

连岳

这可能是让小三界无语的小三

连岳：

我和我的有妇之夫上司“恋爱”了。五年前我入职了他的公司，中间经历了经营失败、改行创业失败，目前他负债一百多万。他向我表白，但他没离婚。他和他老婆是大学同学，结婚七年，她一直当全职太太，有一个两岁的儿子。周围朋友对他的评价都很好，说他是一个不错的人。我该怎么办？他说过孩子他肯定要，但母亲可能离不开孩子。孩子前期可以一直跟着母亲，但一旦他再结婚，孩子就要接回他身边。为什么不离婚，他给我的理由是现在负债，没办法给他们足够的经济补偿。他要挣足够的钱安顿好他们，再提离婚。离婚主要原因是没有沟通了。

2946

* * *

2946：

几点建议：

一、他周围的朋友如果知道你说的事，就不会说他是一个不错的人。好比，你尝了一个梨，是坏的，即使周围的人都说好吃，你也知道它是坏的。

二、你的前景之一，是当负债老板的小三。但小三界可能都会以你为耻。不说道德，从纯技术的角度看，当小三图什么？主要就是走捷径，用我的年轻美貌，换你的物质利益，是短线交易。如果你被一个男人用愿景泡去当小三，那就是智商低到没有资格当小三。他的表白，可能是发不出工资了，用爱情骗骗你，让你陪他睡一睡，抵工资——这种抵法，显然是不合理的，但你一糊涂，就觉得挺合理。

三、你的前景之二，是他发财之后安顿好家人，再来娶你去当后妈。即使实现了，好像也不是什么美事。这还极可能实现不了。安顿好家人，得花多少钱？都当老板了，至少一千万吧？再加上有过错，给个两千万不过分。他这五年，负债一百万，按这水平，什么时候挣到两千万？你再痴等十年，他挣到了负两百万，离娶你越来越远了。

四、你的年纪应该不小了，最好的选择就是赶快离开这个经营无方、老板一门心思泡小三的烂公司，找个正经工作，谈个正经恋爱，不要浪费自己的时间。再浪费几年，你在坑里爬不出来，含辛茹苦当小三，以微薄之力供养他的公司和家庭。你有这种吃苦精神，除了不适合当小三，什么事业都做成了。

五、这事也是有正面意义的，让那些胆小的、害羞的、不敢采取行动的人看一看，你们在爱情里要主动一点。你看，这样一个经营无能的、对家人不忠的、对员工不义的王八蛋，只要主动，都不缺人爱，你们在等什么呢？一个正派人，你渴望爱情，却不敢行动，没有爱情，那是不负责任地把世界让给王八蛋。

祝开心。

连岳

当他死了

连叔：

我老公和我都是你公众号的粉丝，一直想给你写信却不知道从何说起。

我跟我老公在一起二十年了，中学一直到现在，其间经历了很多事情，上大学，找工作，直到后来孩子大病，家人离世。中间种种不足为外人道，从未想过两个人会分开，算是"交过命"的夫妻了。

今年疫情无聊的时候他联系了一个十几年前的女同学，也算是大学出轨的对象吧，对方之前也是我的朋友，当时跟她分开也是他自己的选择。当时我在国外，没有干涉他的决定。但是这次联系上，在网上聊了两个月在没见面没通过电话的情况下，他们从简单的聊天变成精神出轨，最后被我发现。事情过了三个月，我以为他放下了，结果又被我发现他又想联系她。本来也以为他只是好奇，结果他却按捺不住全盘托出，说一想到不能再联系她心里就承受不了，想过要离婚跟她在一起，对她是真爱，对我是亲情。我震惊到无话可说了。说实话，在这之前我从来没有怀疑他对我的爱，虽然嘴上会抱怨他不爱我，但是我知道他哪怕在睡着的时候，只要感觉到是我，也会下意识地紧紧搂住我。

在我心里，他是一个道德水准很高的人，工作关系认识很多美女，但是都不会多看一眼。这样一个人，聊天聊了两个月，竟然心甘情愿要去破坏别人家庭和自己家庭当小三。难道真的就是真爱的力量吗？

按说这个年纪，可能有人会忍下去吧，但是我实在受不了这种羞辱，还是决定离婚了。只是我想知道，他追求的真的就是真爱吗？

如果有机会希望能在公众号登出来，相信他会看到的。

檬

* * *

檬：

早上看到你凌晨3点发的邮件，一时无语。我能帮你的，就是和你说几句话，也把你的邮件登出来。

我很佩服你快刀斩乱麻的意志力。即使他倒回来求你，我估计你也不会回头了。因为，经过这事，你已经不再爱他。

人是会变的。这是人生有趣的地方，因为你不知道一个人会变得多好，多强大。这也是人生残酷的地方，因为一个人有可能变得很坏，很脆弱。这也是爱情的最大风险，最怕一起走完半生，爱过的人却变坏了。

他是不是追求真爱？这已经不重要了。人到中年，力量慢慢消失，有些人就会撩拨别人，以证明自己尚有魅力。可能打着爱的名义，但实际上与爱并无太大关系，是对死亡的恐惧。所以，人要有点更高的追求。人是智慧动物，知识与作为可以一直增长。感受它们的力量，每天都有意思，犯错误的时间都没有。

你当他死了，就好理解。这样，你不会怀疑他曾经爱过你，也能更好地规划未来。

他也确实是死了。你不会再爱他，你如此干脆地放弃，或许那个她也觉得他食之无味。无论如何，玩这么一出，他的信用是破产的，没有多少人，会再把他当回事。

今天好好补个觉，开始自己的新人生。

祝开心。

连岳

3

家务 · 财务

家庭责任感，是一个人财富与运气的来源。

好人最大的责任就是活得好

连叔：

您好！

给您写信，是想问一个您已经说过很多次的问题。虽然如此，但这问题还是让我困惑得睡不着觉。

简单概括下就是，关系很好的家人，出了经济上的大问题，我们该不该帮。

这个人是我的表姐，从小我们很亲近，我读书时她已经工作了，常照顾我，带我去玩，给我买衣服什么的。她在我印象中也一直是个热情豪爽大方的好姐姐。然而随着我工作，我们同在一个城市，我发现了另一面的她：懒惰、暴躁、轻信，总想不劳而获，谎话张嘴就来。

这样的性格，必然会遇到问题。前几年她投资失败，丢了工作，卖了房子，继续做各种不靠谱的项目，每次都寄予厚望，不惜投入全部，每次都没有成功。而我却越来越好，有了自己的事业，也一直尽力帮她，甚至开了公司拉她进来，就是想为她以后找一条靠谱的出路。据我这几年的观察，她可以说已经没有一点工作技能了，在这个社会中不再有竞争力，真的非常为她的未来担心。

她搞砸了所有一切，也为钱所迫做了一些恶劣的事情。家人、朋友，甚至公司同事都已被她借遍，我也完全不清楚她哪句话是真哪句话是假。

就在昨天，我最担心的事发生了。她被高利贷追债，发了一堆语音给我，大致意思就是欠我们的来生再还，想见我最后一面之类。这样悲惨的语音我已经听过太多，也有些免疫了。之前每次借钱都跟我说是救命钱，不过这次好像确实是最严重的一次，听说她跟很多人都打了招呼。她的父母已经没有能力帮她，我知道她希望我来处理这件事，但高利贷，真的超出了我能力范围……之前我也无数次下决心不再填这个无底洞，为此我收藏了连叔所有有关这类事的文章，诸如不要做圣母，不要纵容无赖。但就像很多人说的，听过很多道理，还是每次都被情感绑架。

她自己认为付出了全部努力，是运气不好老天不公才会一直失败。历数她这些年干过的事，也有一两件本来该是好事，却因为不可抗力莫名夭折，但其余绝大多数，真的只能用不靠谱来形容。每次被人一忽悠就头脑发热,明明自己不懂也不擅长还是做了,希望天上掉馅饼砸中的是她。

连叔,这个人,她不是一直那么无赖,曾经也那么可爱过,在我重病的时候也帮过我。我对她,到底应该做到什么程度?这次我还要不要继续帮她,这次帮了,她会洗心革面好好找个工作生活吗?

我信任连叔的判断力多过家里所有其他人,他们只会冷漠地告诉我帮不了,自己家的事最重要,可是难道不需要考虑一下我们之间这么多年的亲情吗?

DB绿

* * *

DB绿:

从你邮件的最后一句话看得出来,你极力劝说自己帮她还高利贷,更看得出来,你是一个重感情、懂回报的人。

你这样的人,有一个责任,就是要活得好一点,这样才能让世界好一点,让你身边的人以你为榜样。如果你活得很凄惨,那么,人们就会说,不要像她那样。你身上所有优点也将被视为垃圾,被人嫌弃。

明白这个责任,就会杜绝自暴自弃的冲动。很多学不会拒绝的人，觉得人生很痛苦，总是为别人活。这个别人，往往还是坏人，他们无尽地索取、压榨、寄生。你有一点点积蓄，有一点点能力，以为自己稍稍可以轻松一点，别人一开口，一卖惨，一哭诉，你就乖乖奉献。自暴自弃反而一了百了：我也一无所有，你就不再烦我。你现在正处于这种冲动的边缘，你很清楚，替她还高利贷超出了你的能力，这意味着，你将破产。破产以后，表姐的烂事就不会再烦你，她知道烦你也没用。

你要尽责，要克制这冲动。

你表姐从小对你有好姐姐的一面，你想回报她，这想法正常，正像欠债还钱一样，人情债也是债。

我们是怎么还债的？别人借我们一千块，要我们还一千万，还全部身家，那我们肯定不干，还的是一千块外加约定的利息，然后两清，谁也没意见。人情债也是这种还法，本金加利息，还完就完了。你救过表姐不止一次，债已经还完，不必有什么负担。我估计她将来会生活窘迫，你到时心软，再定时给点生活用品就是了。没人敢说你是坏人，连你表姐也不敢，不要有压力。

你还得记住，你从小到大，在生活中，对你好的人，帮助过你的人，除了表姐，还有很多。你的家人，你的好朋友，你的员工，都有对你好的。如果你被这个表姐搞破产，那么，其他人的好，你怎么回报呢？你不是对这些真正的好人太冷酷了吗？

你表姐会改的，当她知道此路不通时，就会改。人是动物，快饿死时，总是会挣口饭吃。但是，只要借钱能赖账，只要你总给她填窟窿，那她就不会改，因为她生活得太舒服了。任何不靠谱的冒险，成功了，利益归她，失败了，风险归你。这么爽，怎么可能改？你让她为自己负责，这次让高利贷打断她手脚，才是帮她。

道理都知道，还当烂好人，那是因为不想承担责任。实施理性的善良，那得做决定，得拒绝，得承担责任，比滥情难得多。你要做难一点的事。

祝开心。

连岳

不当清醒的真疯子

连叔：

你好！我最近遇到了一个大问题。虽然我已经工作了将近七年，可怕的是我觉得我还是不成熟，没有面对并解决问题的能力，导致我这段时间一直失眠，心塞。

一直以来，我都知道我父亲欠钱，欠私人的钱，欠信用卡的钱，拆东墙补西墙。但是具体多少，我不太清楚。但是近期他实在过不下去了，把实际金额告诉我，希望我帮助他。听到金额我无法接受。因为我，还有我老公都是拿工资的人，一时间拿不出这么多钱帮助他。而且我自己也已经有了小孩，孩子4岁了。工作以来陆陆续续我都有帮助家里。

我老公不是个小气的人，但是他告诉我我也有自己的家庭、自己的小孩，不能一味地帮助娘家。这次我父亲让我帮他还钱的事我还没让我老公知道，但是现在我想让我老公给我出出主意，但是又怕父亲在我老公心里已经毫无地位。我矛盾，纠结，甚至不想替父亲还钱，因为父亲欠的钱都是因为各类庞氏骗局，许多次了还不知悔改。我不知道我再次帮助他了，他能改变吗？还有几年我父亲就要退休了，他说他过不了这关。父亲甚至都不敢让我母亲知道实际欠钱金额。父亲把这些压力都转嫁到我身上，我是独生女，没有父母就没有我。如果我帮助父亲，未来十年我会过得很拮据。我想帮他，可是不想破坏我的小家庭；我想帮他，可是我害怕他再次陷入骗局……

希望连叔能给我一些建议。

ST

* * *

ST：

一个家庭的财务健康很重要。财务健康其实类似于身体健康，一个人身体健康，你睡得香，享受美食，从容开展一切活动，但你一旦失去健康，即使只是不会危及生命的牙痛，它也能够剥夺你的一切乐趣。

一说到财务健康，很多人就会联想到富豪和财务自由，其实并非如此。能成为富豪，当然好，我们也不必假惺惺地说自己不想。但富豪总体来说，是突变，是幸运，一个人几乎所有能力超群，还要上天垂青，才能登上富豪之峰，然后还需要品格让他能在山顶待着。否则上去几天就破产滚下来，意思也不大。

幸福家庭，追求的是财务健康。这个目标常人都可以实现，尤其是和平年代，经济平稳地持续增长，人的寿命又不停延长（相应地，可以赚钱的工作时间也增加了），财务健康是绝大多数人可以得到的，就像绝大多数人可以活到平均寿命。一对夫妻，各挣一份平均水准的工资，不需要太聪明，该做的做，该有的能力有，不至于失去工作。按部就班，该买房时买房，该生娃时生娃，随大流，财务就可以健康。你没有大别墅大平层，但你有自己温暖的小窝；你肯定没有一辆911跑车，但你一定能有一辆经济型轿车，周末载着一家人去郊游。车厘子无法一下吃到厌，但一次吃十个尝尝鲜，有什么难的。

我觉得，在没有战乱，也没有社会内部激烈对立与斗争的时代，财务健康不是奢侈品，而是努努力就可以得到的平价品，只要不犯大错误就行。

你父亲就犯了大错误，屡屡入庞氏骗局的坑，后果比赌博还糟糕。赌博之前，赌徒知道自己可能输，是恶习，玩庞氏骗局的人，开始时总以为自己能赢，是投资。被庞氏骗局骗两次以上的人，一辈子都是庞氏骗局的韭菜，这可能是他们的智力缺陷。永远犯同样错误的人，连猴子都不如，应该就是不可救药的疯子了。

很多家庭都有这种疯子。有并不可怕，因为你了解他的行为模式，一眼可以看穿他未来的行为，意味着你可以把他的危害降到最低，甚至降到0。就像玩石头剪刀布，你知道他永远出石头，你怎么会输？

你父亲这种疯子，彻底破产才能终止他受害。财务破产，再没钱可以被骗，人格破产，再也借不到钱被骗。在这过程中，家人肯定有些痛苦，主要是以为自己很丢脸，有这样的家人，还有血缘，有些不愿说出来的羞耻感，也是自然的。只有将之视为命运的挑战，接受它：我父亲，就是这样的一个疯子，被人耻笑是他该得的。这样反而有利于他解除更大的痛苦，被人小瞧比被坑好多了。

一接受这个现实，你的烦恼基本就解除了，你再也不要替他圆谎，试图维护他的好形象。否则，你的成本很高，是你未来十年的拮据，是小家庭的财务危机，甚至引发婚姻危机（你丈夫想和你离婚，也是情理之中吧）。最惨的是，你这次救了你父亲，绝不是最后一次。在十年中，他还会再上几次庞氏骗局的当，不停给你增加债务，数字总会大到你无法承担。你不得不放弃，最后的结局与你现在放弃他一样：他财务破产、人格破产。

所以，你有两个选择：一、你现在放弃他，他是疯子，你不是。二、你现在不放弃他，将来不得不放弃他，那么，他是疯子，你也是疯子。

我建议你选一。

祝开心。

连岳

粤港澳大湾区的爱情

连岳老师：

您好！有一个问题持续困扰着我，希望您给点建议。

我和老公结婚十年了，一直聚少离多。前七年他在部队服役，我带着小孩在深圳上班。三年前，在双方家长的希望下，我老公选择了转业，在老家县城事业单位上班。在家人及旁人眼里，那是很体面的工作。近几年，我的工作也有了起色，慢慢从一个普通办公室职员成了部门经理，公司经营核心团队成员之一。我继续带着大孩子在深圳（上公立学校五年级），老二两岁了在老家，老公边上班边看着，平常奶奶看着。深圳这边我是自己带，孩子独立上下学。

我上班工作压力大，但与收入勉强成正比，年收入三十万元左右。回老家又要重新起步，在那种“八线”城市，机会少竞争大，收入又低。我考虑了在深圳的优势，为小孩选择这样一个城市，各种教育、社会资源都是领先的。但人才市场会优胜劣汰，有时候我也感觉对公司目前的要求有点力不从心。但是，鬼使神差我去年还调了深圳户口。唉，让我放弃真舍不得。

虽然我老公很不愿意放弃他现在的工作，但也说为了一家人在一起愿意迁就我。但考虑到在深圳买房几无可能，而老家有房有车，我们又犹豫了。

从头到尾，您可能看到的是我的犹豫，还有胆怯。但我真的不想一直过这种分离的日子，孩子也得不到应有的关爱，可又迟迟不能也不敢决定，瞻前顾后。若是您，会怎么选择呢？

一直关注您的飞扬

* * *

飞扬：

我当不了你。因为你比我更能干，你能力很强，在十年的婚姻中，应该都是你在做主力照顾家庭。你还在三年前开始做准备，生了老二，这也没影响你从普通职员升到公司经营核心团队成员。

时光倒回十年，告诉你要完成这么多事，你可能都会害怕。我想，可能也没几个姑娘愿意接受这种任务。

以你展现出来的能量，再发展十年，可能又会完成令人惊叹的成就。而且未来的十年将比过去的十年更加顺畅，你有了几个有利条件，一是你的生育计划已经完成，你的职业将不会有中断；二是丈夫也已转业。你们的婚姻与事业，在我看来，处于十年来最好的阶段。

优胜劣汰，这四个字，你应该很喜欢的，因为你是优胜者。不喜欢优胜劣汰的人，也没有办法改变这规律，世界就是优胜劣汰的。人类社会的“汰”不是低等动物种群中残酷的死亡或剥夺配偶，而是更少机会、更低收入、更低配置。它带来自尊的降低与强烈的自我否认感，即使表面的安逸也无法抚慰。正因为如此，人们才会克服害怕心理，去面对竞争；不然的话，按照现在的技术水平，只求生存与温饱，每个人40岁就可以无所事事了，甚至可以更早一点。

只要给自由，人们就会往上走。这是最真实的人性，少数人会害怕、会退缩，但绝大多数人将听从自己的人性。深圳去年的GDP已经超过香港，这种统计数字，虽然只能做模糊的参考，但谁也不会否认深圳已是一座繁华的城市，这个奇迹的源头，只不过是给人自由，让他们去闯去试罢了。

最近的一大看点就是推动粤港澳大湾区发展的政策，即使没这政策，粤港澳大湾区也会逐渐融合成超级都市群。为什么还要有政策？那就是希望融合得快一点，创造更大的经济奇迹。中国要用最好的城市与世界竞争。不然的话，中国经济总量虽大，人家老说你不过是大农村，又土又没创意，为了一点短期利益饮鸩止渴。只有一流的城市出现，富裕、文明、壮丽，积聚一个地区最有竞争力的人群，这才能令人服气。我的理解是，这政策相当于宣布中国要以城市化作为核心竞争力。不仅粤港澳大湾区会有伟大城市，现在的许多发达城市，也将加速发展。这是中国未来的大潮流，要顺着潮流。

人的一生，自己的努力固然重要，但顺应发展潮流更重要。你下意识知道这一点，不然，结束七年分离的夫妻，将疯狂地渴望待在一起，也不存在所谓的鬼使神差调户口，这不是鬼神的控制，是你内心深处最真实的你，在苦苦哀求：留下来，留下来！

听她的。

你是个好姑娘，你不愿意指责丈夫的保守与迟疑。你愿意给他时间选择。我并不是说你要改变你的温柔，而是说，你要坚定你的选择，明确告诉丈夫：我决定留在深圳，给自己、给孩子更好的机会。你明确了，有利于他下决心，你不明确，他就更摇摆。

从能力到见识，你就是一家之主，这个责任得担起来，做最后决定的你，得给明确的指令，并给足信心：没事的，在深圳我们能立足，能过得好。

祝开心。

连岳

代际的智慧与财富传承，有焦虑，也有方法

连叔：

写这封信的时候，刚刚被我爸骂完，有自残，甚至轻生的念头。说说我自己吧，大学毕业后，在厦门、深圳都待过，后来因为家里生意扩大，人手不够，就不情不愿地回家帮忙了，现在已经回家帮忙小半年了。

说说自己这半年的状态吧，白头发、胃病都出现了，有时候精神压力过大，夜不能寐也常有发生，这些状况是之前在外上班都没有过的。除了行业本身就比较辛苦劳累以外，给我造成最大困扰的就是我爸。在家只要一做错事，迎接我的就是无休止的责骂和羞辱，说我大学读的都是垃圾书，说谈了男朋友后分手了也是我的错。

在他气头上，我一无是处，但是他也符合连叔你说的，为家庭创造了好的经济条件，为我们挣到了好的家庭背景。有时候我在

想是不是我太苛求了，要求他脾气好，毕竟他算是一个比较负责的人。回来这小半年，我们的关系极度恶劣，并且还在继续恶化中，我一心想要逃离这样的环境，自己出去上班。

跟我妈说了好几次，好像她无动于衷。不敢跟我爸摊牌，因为害怕一顿人身攻击。人生就是这么艰难吗？感觉回家的小半年，都有心理疾病了。这个行业一年三百六十五天都不能歇息，不停地运装，晚上一般都要到九、十点钟才能把所有事儿做完回去睡觉。连叔，我想出去打工，是不是就是没出息，不愿意拼搏啊？是不是我骨子里就是个懒人？

我真的陷入了一种深深的负面情绪里面出不来，好像要是死了就没这么多事儿了。连叔你应该每天会收到各种各样的烦恼信吧。这封信估计也就不会得到回复了，你比我长那么多岁，也比我睿智那么多，不敢耽误你太多时间，哪怕只得到你一句回复也好。

祝一切都好！

东

* * *

东：

不仅是你，你父亲也处于既关键又艰难的时期。这个时期如果能够顺利度过，你们应该可以上一个台阶。过不了，对大家都是重大打击，对你父母的打击甚至更大。那是他们双重的失败。

你们家的现状，在中国具有普遍性：

父（母）经营有方，事业在他们手上成长。他们能力强会赚钱，人到了五十来岁，做事正是举重若轻的时候。他们什么也不怕，最怕时间不多了，就算工作到80岁，人生的黄昏也只剩下二十来年了，事业的传承已经显得急迫。他们最完美的设想是自己死后，事业可以代代光大。

此时，继承人也成年，大学毕业，也有一定的职场经验。你作为父亲的女儿，不是普通员工，而是继承人，他对其他员工可能还算客气，对你却显得苛刻，因为衡量标准不同。他知道管理一家企业，对能力的要求更高。你只当合格的员工远远不够，如果你在工作中出现失误，连员工的标准都没达到，就会触发他的恐慌与愤怒。他脑海里可能想象出了悲惨的前景：事业在你手里垮掉，他瞧不起的竞争对手赢得了市场。财富在你这代流失，家族重回平庸甚至贫穷。能力与品格不达标，财富只会带来灾难。

代际的财富竞争，除了创始人的眼界与能力，还需要继承人的眼界与能力，正如接力跑的选手，每一棒都不能弱。所谓的富不过三代，就是描述了传承之难。保证每一代都有出色的管理者，很难。原来的帝王家，基因不能说不好，教育孩子用了国家的精英，事事领先；但也无法千秋万代，有个几百年的帝国，已经相当不容易。

财富与事业的传承，需要教育能力。洛克菲勒的富有，并不是他最厉害的地方，他是教育家，把能力传递给孩子，这更厉害。曹德旺的父亲，是个有本事的商人，由于特殊情况，失去所有，但是贫穷的他，把经商的原则传授给看起来顽劣的曹德旺。事先埋好了种子，条件成熟，曹德旺就不会错失机会。

你父亲并不是一个好的教育者，他看不到预期中的迅速成长，就感到绝望，无法接受你这个“废物”。对你来说，这当然是侮辱。你懂事，也勤奋，为何得不到一句表扬？指望他突然掌握教育方法，成为好老师，不太可能。只能你更主动，成为一个更好的学生。父亲虽然不善于表达，但是他的行动可以观察。我建议你做一件低科技的事情，用笔记本记录两件事：

一是你父亲交代你的每件事，都记下来。不要相信你的记忆力，以为只有几件事，自己一定记得住，你记不住的，尤其是过了几天，你一定会有遗忘。这种“忘掉老板交代的事情”是职场最常见的大灾难，身为继承人，是更不可容忍的不专业。

二是记录你父亲处理一件事的步骤与方法。记录得越细越好，对比一下自己的做法，自己容易出错与忽视的环节就会显现出来。然后把处理事情的流程程序化、细化，做之前先列表，一项项校对，经过一段时间训练，你甚至可以处理得比父亲更有效率，某些局部的优化与创新也会出现。你父亲对你的态度将会改观，对专业的人，你只能用专业让他尊重你。

自己家有事业，父亲又有能力，这是难得的学习平台。一个人成长得快，需要假想成自己是企业的主人，将有不同的视角、态度和思维，学到的能力是自己的，这比工资更珍贵。只有员工角色，就容易只见树叶，把手头工作应付过去就行，非常被动。被动的人，老板找你，往往就是你犯错时，交流很不愉快，双方都没收获。你不要浪费机会，你都不需要假想，你真是企业的主人，尽快进入继承人的角色。对自己要求高一点，只要有这个转变，你父亲一定能感觉得出来，你们的沟通将会变得良性。

祝开心。

连岳

你看到你的苦，我看到你的幸运

连叔：

您好！

想跟您聊聊有一段时间了，但一直不知道该怎么开口。您之前的文章我一直在看，觉得您的三观又正又朴实，您的文章对我们这种普通又迷茫的年轻人来说就是一剂清醒汤。但是在买房这个问题上，我却一直很纠结。

先介绍一下我的基本情况吧。我是一个从湖南五六线小县城出来的女生，大学考了个非985也非211的一本综合性大学，毕业时凭借着初生牛犊不怕虎的精神，孤身一人跑到上海，独自闯到第五年了，现在在一家外企做“程序媛”，快30岁了，单身。到了这个年纪这个境遇，不得不开始考虑以后的打算了。跟家里商量了后，自己手上不多的积蓄，加上家里给凑的，勉强能凑出个三十万来。但这个三十万怎么花，成了问题。

一个花法是，用这三十万做首付，在长沙买一套自己的房子，然后就回去发展，找对象、结婚生子。家里人在长沙给我介绍了个男生，是个警察。联系过几次，人还不错，但因为没回去，所以也就没深入了解过，不知道真正深入接触会不会合适。另一个就是长沙的互联网环境毕竟没这么好，我又是靠培训从工科专业转过来的，技术并没有那么强，对回去之后职业上的发展没多大的信心。大约也就是相亲嫁人，然后相夫教子了吧。最多以后自己努力，考个本地的非全日制研究生，但只怕以后的牵绊更多，上升更难了。

另一个花法是，我拿着它，去申请留学，香港或英国（大概率香港），学个计算机偏管理或偏金融的专业，花费大约也就在三十万左右。因为是一年制，毕业差不多也就是三十出头的样子。然后回国找个大城市走留学生落户（大概率也是上海，因为想未来给孩子一个更高的起点，但不排除其他城市），以后就定在大城市生活了。但是前段时间因为其他原因了解了一下上海的房价，首付三十到五十万基本想都不要想，八十到一百万才能看看老破小或者外环以外的区域。而这三十万已经是家里能凑出来的极限了，拿去念书后，以后的发展全都得靠自己了，这动辄上百万的首付，真的是压力大。加上看到好多人和媒体在说，现在留学平民化，留学生一大堆，有些回来工作都找不到。虽然我内心觉得中国未来的发展肯定是需要国际化人才的，只要把本事学扎实了，未来不会太差。我也在很努力地学英语，备考雅思，并且如果真出去了肯定会努力学好。但是面对各种负面新闻，以及未来可能更高不可攀的上海房价，我也是有点动摇了，非常怀疑是否真的要拿着家人的养老钱出去留这个学。万一以后回来还是买不起房甚至嫁不出去（家里的担心），那岂不是既改变不了现在，还连累家里，把家里人的安稳也搭上了？岂不是赔了夫人又折兵？

出国留学的另一个纠结点在于专业的选择。我自己是偏向于选计算机偏管理方向的，首先因为自己做过，有从业经验，以后找工作应该会顺利些。然后是因为大学学的是工科，工作后转到的这个专业，所以研究生想补一下计算机基础，带点管理是想以后往管理方向走。但家里也有一个亲戚是金融方面的大拿，他推荐说让我直接学金融，只要英语过关，可以直接帮我推到香港“三大”去，说毕业后出路比计算机好。但我的考虑是我的本科学历和工作经验可能在金融这个吃背景吃资源的行业里没什么战斗力。年龄也摆在那里，毕业后31岁零经验再去跟二十来岁的毕业生去竞争，怕只是个劣势。家里倒是说，学金融的话，以后就让亲戚直接介绍工作好了，不用担心就业问题。但是我觉得，不应该吊死在一棵树上，先不说人家愿不愿意，就算是介绍工作了，进去之后也还是要靠自己的，自己的肉身去与年轻人拼，怕也是不够打的。所以我目前的想法是，如果留学就试着申请计算机带点金融知识的专业，学出来后看能不能去金融机构的IT部门工作，因为据说量化模型和数据分析等，其实也是很依赖编程的。就是学习期间可能会辛苦些，两个都是全新的专业，也不知道两者兼顾能学到什么程度。

总体来说就是两个问题，奔三的单身女性拿着三十万的资金，是应该回二线城市首付个房子，然后回去结婚生子，最多以后考个在职研呢？还是用来出国留学，三十岁时回上海落户，再自己奋斗几年在上海买房？如果出去留学的话，专业的选择上，不想依赖家里的关系选完全没经验的金融，而是想尽量选计算机偏金融，不行就走计算机偏管理。我的考虑是对的吗？

在下班的路上，絮絮叨叨地说了这么多，非常长，不知道您会不会看完。家里人都是没在外面真正生活过的人，只是觉得学历上的深造又是出国留学，肯定是有好处的，非常支持我。但我却不能只考虑这些，而不顾家庭的稳定和安全。身边也没有个能站在更高处指导的人了，只能劳累您了，麻烦您指点一二。

明天就五一了，提前祝您劳动节快乐。始终记得您的观念，没有轻松又体面的生活，只有辛苦但体面的生活。盼复。

迷茫的橙子

* * *

橙子：

你过完五一假期了，开心之后，让我们重新来面对生活吧。

你的处境，就如中国绝大多数五六线小城的孩子，甚至像绝大多数家境一般的孩子，基本上得靠自己，有希望，但路很长。

你领先的地方不少，首先家庭支持你，往上够更好生活的欲望强烈，尽力让你在更好的地方扎根，而不是像大多数观念不到位的家庭一样，指望把你拉回去，找份"轻松"的工作混一混。你自己也强烈意识到，个人的发展，包括后代的起步，要有更好的平台，你必须在自己喜欢的城市上车，你的房产证就是车票。

家庭的合力，以及观念的到位，是非常值钱的。有了这些，在同等条件下，你能做成的事，别人就做不成。你挣扎着上车，而有些人相信了"年轻人有钱也不要着急买房"，人生将会大不同。

把你们家当成一家小公司来分析，你就相当于CEO，你们的核心竞争力有这些：定位清晰，意见统一，没有无谓的争吵与内耗；你已在上海工作多年，能吃苦，对最好城市的生态也了解。你们的缺点是本钱小一点，三十来万。

本钱小，不致命，方向对了，慢慢可以滚大。就怕方向错了，小本钱迅速消耗掉，小公司的生存马上成问题，机会就离自己更远了。

你问题的核心变得很具体：怎么保住三十来万，并使之更好地增值。

创造机会在上海买房，这毫无疑问是第一选择，无论你现在买不买得起，有无房票，都要多看房子。你逛街不是为了买下所有东西，其实也看了很多买不起的东西，看房子是一样的，看多了就有感觉，才能找到最匹配自己购买力的房子。凭新闻，凭感觉，往往都是错的。小一点，旧一点，偏一点的上车盘，有很多刚需咬咬牙能拿下的——这是一座城市必然的逻辑。这种市场不存在刚需上不了车，否则城市不可能长存。然后，再慢慢置换，由小及大，由旧及新。这是半生一生的事业，不要指望三五年就能完成，这也不是这一代人的不幸，这是这一代人的幸运，因为那是前辈们数代都完不成的任务，甚至根本不可能有这种选择。

假如完全受限了，能力达不到，那么，在长沙买房，是你次优的选择。进可攻，退可守。在长沙有房子，并不妨碍你继续在上海打拼，时机成熟，你可以卖掉长沙的房子，换成上海的房子。万一你真的无法在上海立足，或者长沙有更好的机会，你回长沙的起点就很高。长沙也是值得托付的好城市，凡是人口持续流入的城市，都能保住你的本金。

最差的选择，就是将三十万当成一年的学费，指望拿个证书一步登天，收入大增，几年内买房。没有这么容易学会的本事，你当了那么多年程序员，都还得承认自己水平一般，其他领域内的本事也是一样，要变成高收入的高手，没有长期的培训，是不可能的。学历的诱惑，很难破除，所以有人会花几千万做假，进斯坦福。各路大佬们发完财，也喜欢去大学镀镀金，伪装成知识分子。你有学历迷信，我觉得不奇怪，这几乎是每个人都可能掉的坑，但越是穷，越要知道，这种游戏不是穷人玩的，玩不起。有三五亿以后，品位没有跟上，再来附庸风雅不迟。只有三十万，还请捂紧自己的钱包。

最后一个建议是，人生是立体的，是一个系统，工作、买房与交友、恋爱，可以同时进行，没房子当然可以恋爱，真找到意中人，两人的本金不就翻倍了吗？选择余地一下大多了。

祝开心。

连岳

求之不得的绑架

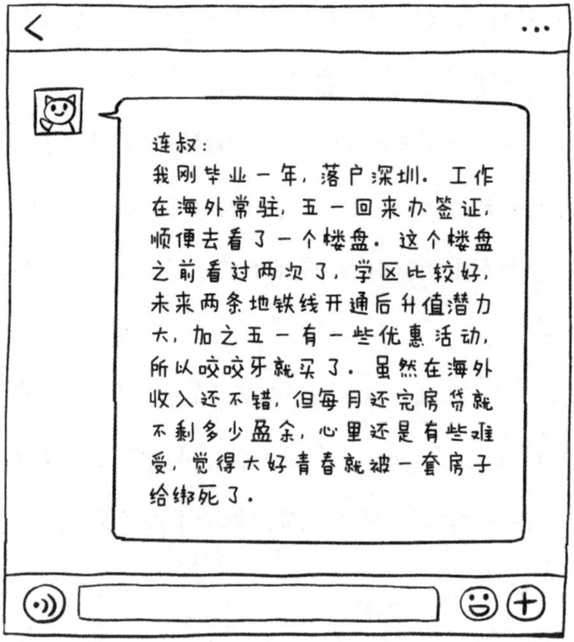

这位朋友可能赢了绝大多数同龄人，工作时间不长，就有能力在深圳买房供房。也看得出来，他其实很想拥有自己的房子。

美梦成真，本来是喜事，但最后那句感叹，却像丧事一样。这就是年轻人被恐吓得太多，以至于无法享受自己的成就。

在房子问题上，“一套房子绑架了年轻人”这种论断，由于其具有奇妙的心理安慰作用，几乎为所有年轻人接受：买了房子的年轻人，供房辛苦，真觉得自己被绑架了；不买房的年轻人，觉得自己不供房就是为自由而战，还有了崇高的感觉。

所谓的绑架是什么？就是得更努力工作，不至于被裁员，被降薪，否则每个月的房贷就还不起。年轻人不努力，三心二意，失去敬业精神，父母师长着急，这样的年轻人多了，整个社会都会沉沦。因为还房贷，变成了勤奋的人，不是应该感谢房贷吗？

供过房子的人都知道，吃土期大概不会超过五年，随着货币的贬值，收入的增加，当年的重担不值一提了。这几年苦日子，其实类似于你读高中的苦，类似于你成长的烦恼，通关后，你的自由反而更多了，一举数得：你有了让自己和家人更有安全感的空间；你拥有了固定资产；经过磨炼的你，勤奋、专注、有合作精神，延迟满足能力更强。这样一个有钱有能力的人，不想继续当雇员，创业的成功率也会更高。

更重要的是，你对生活的难度，对经济规律，对市场的运行，在实战中，都有了更真实的理解，这些真相与学问，只靠书本是掌握不了的。不掌握它们，人生的根基都不稳。

负责任的人生，这种培训不可逃避，迟做不如早做。不然，等你到了中年，你可能悲叹：一套房子绑架了中年人。等你到了老年，更得痛哭：我都快要死了，还用房子绑架我！

人无法不负责任，房子只不过是责任的具体化。责任在某种程度上，都类似于绑架，爱自己的伴侣，抚育孩子，赡养父母，都得消耗你的精力与金钱，都迫使你更努力。就是四大皆空的生活方式，也得遵守佛法，也有凡人忍受不了的清规戒律。

人生想做些伟大的事情，可以理解，也应该有这样的雄心壮志，我们要探索世界，要搞发明创造，要建立改变人类的公司，但先从打房贷这只小怪升级吧，你真有大能力，一套房子怎能绑得住你？十套百套也绑不住。真像许多普通人一样，一辈子就只能供套房子，那也证明自己尽了力，问心无愧，当普通人并不可耻，负责任的普通人非常美。

人从普通到不普通，能力慢慢增加，就是从负责任开始的，负责任就是成长。

一种制造“废青”的假焦虑，早戒早好

连叔：

我今年刚毕业。实习就来了深圳，每天加班加到九、十点钟。拿的薪酬也不高，但也不算低，大概是深圳的平均水平。买房子是不可能买得起的，虽然只工作了五个多月，但我似乎可以看到自己的未来了。每天加班加到很晚，工作压力也不小，拿个在二三线城市看起来还可以的薪酬，永远买不起房。都说来了就是深圳人，最近渐渐觉得来了就是深圳人的房客。在深圳买不起房，会一直有漂泊不定的感觉，很没有归属感。连叔，你说我应该离开深圳吗？

寿司

* * *

寿司：

你的焦虑，在深圳的职场新人中应该很普遍。不用调查也知道，没有任何一个职场新人的工资，能够高到买得起深圳的房子。

假想你这个新人现在是在二线城市，你的感觉会是一样，买不起当地的房子。

假想你现在是在三四线城市，你的感觉仍然一样，买不起当地的房子。

你就算退到县城、乡镇，奇妙的事情发生了，你的感觉还是一样，买不起当地的房子。

在任何地方，房子这种特殊的消费品，相对来说，都是单价最高的。凭自己的努力、积累、提升，不犯大错误，到中年才能买上房子，是最正常的事。这就像一个人的中年只能等到中年才能到来一样，急不得，急了也没用。这个事实只不过告诉我们，人生的这项任务难一些罢了。

当然，我的意思不是你只要混到中年，房子一定会有。有20%的人，应该不会有房子。有人收入一直提升不了，有人能力没有进步，有人挥霍自己的收入，有人甚至不认真工作，还有人，确实运气太差；他们在任何地方，都没有房子。可能退缩到极度衰败的地方，几万块钱一套房子，他们能够拥有，但那房子意义何在？没有未来，没有机会，没有收入，最后连生活费都没有。所以房价越便宜的地方，反而越没有吸引力，房子一钱不值，自然湮灭。

努力一点，辛苦一点，买房子这件事，成功率有80%。这么大的胜率，你应该信心大增才对。它高于第一次婚姻的成功率，远远高于创业与投资的成功率。至于国人（包括年轻人）热衷的股票，算上不亏钱持平的，成功率只有30%。这些事情你都不怕，以为自己必胜，买房有什么可怕的？买房这件事都怕，你有什么胆做其他事?

一张好城市的房票，等于是给年轻人努力的期权奖励，有能力兑现，资产就上台阶。没有能力，那阶层就低一些。用这种方式甄别出人的高下，可能最公平。

一个年轻人，对自己没有信心，即使天赋高，能力也长不出来。很多人没有自信，其实是在逃避责任，人生那些该吃的苦，他不想吃，他一定要天地许诺他一个轻松的富足人生，否则就是天地不对，要死给它看。天地会怎么回应？应该是：你爱哭就哭，爱死就死。其实天地不仁，永远按规律运行，连回应都不会给你。

读书、工作、攒钱、恋爱、结婚、买房，要做得好，事事辛苦，苦了才会有甜。你有不想苦的权利吗？抱歉，没有。不想苦之后是抱怨、逃避、愤恨，同亲人与世界的关系恶化，那种状态更苦。理性的选择，还是每天出门前对着镜子里的自己说：你不怕吃苦，你什么都会有。

祝开心。

连岳

不知道爱是有限的，这是爱的大风险

连叔：

您好。

很钦佩您这样有智慧的人，总能解决难题。我是一名处在泥潭中的大龄女青年，恳求连叔帮我指点下，感激不尽。我的问题如下：

我弟弟前年在网上玩不良游戏，被套进去，借了很多同学的钱，还借了很多网贷。我和我爸帮他还了钱，让他洗手不干了。我爸是农民工，当时我爸拿出全部的积蓄帮我弟还的债，但之后他并没有醒悟，后来还在网上继续瞎搞，每个月都纠缠我和我爸妈要钱。

去年他高考完就直接出来打工了，他上班每个月都有四千元工资，但是每个月都还在不停地找我和我爸要钱。今年我妈检查出了卵巢癌，我和我爸每个月都在为我妈治病筹钱。我弟却还是老样子，不但对我妈不闻不问，不拿工资给我妈治病就算了，还每个月几百块几百块到处要钱。

我现在都不给他钱了，但又怕他出什么事，因为从前年发现他借网贷在网上瞎搞开始(当时他还在读高三)，我持续替他还债一段时间，发生了很多事。他曾经有一次在宿舍楼楼顶过了一夜，要跳楼逼我还债，整个晚上一秒不停地打我电话，他是被他债主恐吓的。那次我深切地感受到他内心的绝望和恐惧，我以为那次之后他会改，没想到他还是没有改。

他其实胆小怕事，特别内向，平时不愿与人打交道。早前我骂他骂得很狠，也哭着求他改。我爸打过他，也好言劝过他，但现在他还不改。我为我妈已经是心力交瘁，就没再管他了，不给他钱也不联系他了。他打电话过来要钱，我就直接挂电话，但又怕他真出事。我没有办法，我不知道该怎么把我弟拉回正道，只能任他沉沦下去。我该怎么办啊？连叔，我妈都癌症晚期了，我弟不闻不问，还这样像吸血鬼一样，他还有救吗？知道您很忙，您能回复我吗？真的麻烦您了。

盼复，万分感谢。

格子

* * *

格子：

你弟弟这样的人，是一类人，有一定的比例，在任何一个时代，你都可以发现他们的存在，称之为吸血鬼，我觉得并不过分。

吸血鬼对人类整体来说，我觉得危害不大，他们的行为危害性太过明显，人们自动与之隔离，他们咬不到。而且，他们自身的行为只是净消耗，无法积蓄吸血能力，最后被淘汰。比如，你弟弟不是你弟弟，是你朋友的弟弟，是一个陌生人，我想，他绝不会困扰你，他找你要钱，威胁要死，都不可能得逞。

但不幸他是你弟弟。人有亲疏，对家人好一点，那是正常的，也是应该的。这也是家庭存在的意义。教育一个人，是漫长的过程，至少十多年，而成果往往一般，不过产出一个普通人，没有家庭的血缘纽带，没有人愿意做这种不划算的教育投资。就像在公司，你基本素质达不到，很快被解雇，你没收入后怎么生存？那是你自己的事，这是社会教育，简单、直接、冷酷、有效。

家庭教育，更多爱，更多耐心。社会教育，更多原则，更少耐心。两者结合起来，构成了一个人的成长。

社会教育，我觉得不会失职，没什么人会纵容吸血鬼。唯一要防止的，就是知识阶层的圣母们败坏工作伦理，保护寄生虫。

教育的失败，往往来自家庭，教育者错误理解了爱与耐心，认为它们可以无限供给。一切都是有限的，时间有限，像你妈妈一样，人都会走到生命尽头，像你们家一样，财力的限度就是你和父亲收入的加总。之外的, 一分钱不会多。

你们现在就耗尽了有限的资源, 治病的钱都缺, 妈妈又癌症晚期。在一出戏剧中, 这时戏剧性达到了峰值, 所有的劝诫力量都大声呼喊: 弟弟在此时一定洗心革面。而他竟然没改。那就说明你们在对他的教育中, 已没有作用, 想有都不行, 你们没有能量了。

其实, 我觉得你弟弟活得不错, 高中刚毕业, 有四千元的月薪。社会对得起他, 靠这工资, 他也能活下去。每月找你要几百块钱, 说明欠债也可控。反而是你的未来使我更担心一些, 如果你想要有自己的爱情与家庭, 那你的激情要投资于自己的生活。你太关注你弟弟, 你就没有办法放松地、专注地去开拓自己的社交圈, 更不可能遇见那个你爱的人。

万一你弟弟欠债发展到不可控, 彻底沉沦呢? 你现在开始不理他, 有没有责任? 当然没有, 他若是一个不可救药的人, 你的收入, 无论高低, 都赶不上他挥霍与欠债的速度。你所谓的帮他, 只是火上浇油, 让他更不知道变坏的风险, 心想: 反正我姐姐最后总会帮我的。其实, 最后你肯定帮不了他。也就是说, 你从此刻下决心不爱他, 反而是真正的爱他。

认识你自己, 你是一个能量有限的人, 你救不了一个成心想变坏的人，即使他是你的弟弟。你也没办法拔着自己的头发离开大地，意志无法改变规律。

更专注自己的生活吧，去认识生活中其他正常的男人。

祝开心。

连岳

用烟火气谈恋爱

连叔：

一直很想和您说说我家的事情，可不知道怎么说。最近看您写投资，这两天写储蓄，我想这就是我们的问题。

我们在北方一个三线省城，我和老公都是体制内，我是公务员，他是事业编。他的单位效益不好，收入只有我的一半，尽管我收入也不高。现在有两个孩子。在外人看来，或者说在老家的亲戚朋友看来，我们过得不错：住在省城，工作体面，儿女双全，仿佛人生赢家。可实际上呢，我感觉自己快要被财务负担压垮了。每个月的工资，房贷交掉一大半，还信用卡一小半，剩下的只够维持几天，就需要刷信用卡度日。老大3岁，没上过早教，我会和别人说我们选择散养。实际上，是因为付不起动辄过万的早教费。但凡有点风吹草动的开支，就需要借钱。上个月我们在老大幼儿园附近租了房子，半年付一万四。我们付不起，他和他爸要了五千，我问我爸借了两万。这个月我发了奖金，立马还了我爸，加上押金搬家收拾家等等的费用，奖金已经用完了。甚至有时候在吃穿用度上，我都要开始算计，能少买少买，能不买不买。更重要的是，两个孩子在逐渐长大，开支眼看年年增加，辅导班、课外班、旅行（话说我们只带孩子出门旅行过一次，还是我研究生毕业去参加毕业典礼不得已才去的）等等。可见的未来，收入不会有大幅提高，但是开支绝对会以万元为单位增加。

我为此非常焦虑，近段时间更是经常失眠，痛苦不堪。我想创收，可是因为单位性质，我不能从事任何盈利的兼职。而且幺儿还在吃奶，工作也很忙，每天时间不够用，弄两个孩子，精力也很差。自己也没有什么经商经历，不知道从何开源。从这个月开始，我试着节约开支，攒点钱，可这钱不能从吃喝里挤，不想从孩子的玩具绘本里挤，也不可能从人情世故的开支中挤，只能从大人的衣物、我的护肤品、汽车的开支中挤。尽管我想着挤，这个月刚刚过半，本月的工资已经花完了，又开始刷信用卡了。

连叔，比起这些痛苦，让我更痛苦的是我老公。不谈收入，他绝对称得上是个好老公、好爸爸，爱孩子、对我爱护有加、没有任何坏毛病、自己也很节俭。可是，他对于赚钱，增加家庭收入，没有一点点行动。每到月初，他也为还信用卡头疼，可当这一劫熬过去，他很快就释然了。我试图说服他做点什么，但是他什么都不做，觉得生活还能过得下去的，实在困难的时候就找父母，且不觉得有任何不妥。工作是借调到局里，没有任何前途，和他说起，他总是说，现在提高自己，将来肯定会好。可是，将来是什么时候？一眼望到头的重复性工作凭什么就会好？毕业工作七八年了，一直随波逐流，怎么就能确定以后会好？

连叔，我该怎么办？写到这里，我觉得自己快哭了，可是欲哭无泪，真的痛苦死了。希望连叔指点一二。

迷茫的月光族

* * *

迷茫的月光族：

我很理解你的处境，我年轻时也当过公务员，收入固定，到了月底，手头就没几块钱。以为年终奖能存下来，但过个春节也就没了，心情很沮丧。记得有次要急用钱，想和一位同事借几千块钱，但东拉西扯半天，就是开不了口。年轻时，可能都要经历这样的阶段吧。我现在觉得，年轻时有点财务压力，倒逼一个人学会提升自己的“财商”，改掉大手大脚、毫无计划的缺点，也可视为一件好事。

你们夫妻，一个公务员，一个事业编，这意味着，你们的收入不会比大多数人差。从古至今的体制饭，其特点就是不可能大富，也不会太穷，总是比平均水准高一点。也就是说，你们的收入，是没有问题的。节流是你们当下的主要任务。

你们的财务是平衡的。你们每个月都要靠信用卡过桥，“平衡”二字似乎很奇怪，可是你们每个月都能还钱，并没有累加新的债务，这当然属于平衡，只要熬过某一个月不借信用卡，就解脱了。你目前进步到了只欠半个月信用卡，努把力，很快就能达到目标。

你这个月才开始试图节约，这说明还有大潜力可挖。

首先，要放下幻想。不要指望丈夫的收入突然增加，多数人的能力，就是维持一份薪水。他保守，但保守的好处是不会有坑。他节俭、没有任何坏毛病、爱你爱孩子、顾家，这也是价值，长久来看，这是更大的价值，是家庭幸福的基石。赚钱的心思过于急迫，容易太贪，失去必要的警惕，生意的风险及可能的骗局会让你们的处境更糟糕，甚至万劫不复。不犯错误是财务安全的第一步。

其次，除了维持生存，没有什么开支是不能减的。事实上，人不可能，也似乎没必要这么狠，这只是说明一个原则，一个人所需要的钱，可以很少。比如你说的钱“不可能从孩子的玩具绘本里挤”，当然可能，而且必要，玩具绘本不便宜，可挤不小的一笔钱。

孩子主要的玩伴是父母，多陪陪他，逗逗他，安徒生童话仍是世上最杰出的，你可免费说给孩子听。吃喝能不能省钱？你记记账，可以省，还能吃得更健康。节俭无禁区，家里的每一笔开销都应审视。

一个人不跟风消费，量力而行，是优点。旅行不起，就不旅行，不要为这感到悲伤，这说明你克制。为面子消费，就不可能省下钱。我建议你把汽车彻底处理掉，省会城市，交通发达，你们上下班时间也固定（或许还有班车），自己拥有一辆车，必要性极低，但支出却是刚性的。这是你们家的一个财务大漏洞，堵上了，应可立竿见影。同时，你们也可以重视评估租房子的必要性。想省钱，就要去掉“别人有的我也要有”这个思维误区，“别人有的，我可以没有”，这才是省钱的指导思想。

两人一起为家庭的财务健康而奋斗，或开源，或节流，这是在用烟火气谈恋爱，是值得做的大事，你们能做好的。很多经历，多年后你才会理解，那时候你更能感觉到甜蜜。

祝开心。

连岳

大城市，小城市，赢的逻辑是一样的

连叔（连爸爸）：

启信好！

关注您公众号大半年了，买了您两本书，特别喜欢，放在手头时常看，每次看都能有所收获。

我出生在农村，从小做农活。也读书，不过不是读书的料，读到高中就特别吃力，最后大专都没读。

读了您的文章后，我发现自己是那种没有立场，没有原则，低自尊的人，永远在底层挣扎。对自我的认知如：懦弱，没有话语权，容易发火；反应慢，通常身边人在挤对我，我总是后知后觉；小心眼、愤青、没耐心、情绪容易激动……

现在我结婚两年了。当初和他认识半年就怀孕结婚了，生产后过得挺郁闷压抑的。跟公婆关系差，跟老公总是谈不到一起，他喜欢装聋作哑，我习惯寻找问题的出路，总觉得中间隔着一座大山。

其实，我的“队友”很勤快，除了上班（厂里技术工，小城市四千元一个月）就是家务带娃，连斗地主都不会。新婚那会，偶尔玩下游戏也被我卸载了，让他看专业看理财（虽然我俩现在很穷，经济情况很差，几乎没有一分钱存款）。

他没有自己的圈子，结婚的时候也没有朋友来，都是亲戚，似乎从未见过他找朋友聊天。我自己呢，工作做过很多，没有拿得出手的，都是半吊子，没什么专业，高不成低不就，到处碰壁。

公婆呢，就是一贯喜欢对我指指点点那种，事无巨细。婆婆不会明面上说，背地里跟在外地打工的公公说，公公（一直在外地打工）也不是善茬，明里暗里也会传达给我。

他们在小城市本来有两套房，突然把老房子卖了，要搬过来。那时候我们关系已经很不好了，还要往我们这婚房里凑，我没答应。公公就说他们家的房子他们想住哪里就住哪里，外人没权利说话。我说可以，我搬出去住。然后他就对我破口大骂，骂我没礼貌没教养没素质，巴拉巴拉……然后最后还是我妥协，房子首付款我老公也付了十几万，大头，可是房产证上写的却是老人的名字。这实在没什么好说的。

我现在的困惑是婚姻还能维持多久。

一、我想离婚，去上海深圳都行，就是不想待在小城市，总觉得小城市人心眼儿小（其实是公婆心眼小）把人都给搞坏了。离婚我个人没什么问题，虽说没存款，但是工作到处都是，有信用卡可以过渡。就是担心孩子的养育成长问题。我从小是那种没被关注，也没被善待的孩子。现在30岁了，我的种种言行和思想都在跟过往做斗争。这太艰难了，我不想我的孩子也这样。

如果我离婚不带走孩子，我内心肯定留下个大心结。我推崇科学育儿，月子里到现在积累了很多很多带孩子的知识，我的小孩比同龄人要乖要懂事得多。我担心走了以后，我的小孩没人理解他，没人懂他，没人引导他，想到这些我就觉得好心痛，完全割舍不下。

二、如果我离婚带着孩子，处境会很难，我每年有固定一万多元的保险费要缴，我自己没学历，没专业，什么都没有，带着孩子我又怕他吃苦。我自己吃苦倒无所谓，主要是我怕我经济能力不行，没控制情绪让孩子受委屈，条件各方面落后于同龄人。

内心真的万分纠结，不知道该怎么抉择。睡不着只能靠跑步来解决。我在小城市过得艰难，工作到处都是坑，跑销售又没什么能耐，技能又缺，真是如履薄冰。可能您觉得夫妻之间沟通方面多多少少都有些问题，我觉得这还不算问题。其实最主要还是跟他父母的关系影响我在这个家庭的情绪和心态更多。他那边的亲戚可能都会从他妈嘴里了解我，我总觉得过年过节时候，好多只眼睛在看我，好多张嘴在说我。他在中间装聋作哑，没有作为，让我觉得郁闷压抑。我觉得他不理解我，也不懂我，更不懂他的父母。

没生过养过我的人，我不会爱他们。没害过我的人，我也不会恨，但是家庭里就是某些人做的那些事、说的那些话，让我接受不了，心里抵触，但是又没办法。

我现在报了成人大专，参加证券从业资格考试，还想去读幼儿教师。哪个方向我还没决定好，希望连叔百忙之中能够指点一二。

谢谢您。望安好。

迷茫的小豹子

* * *

迷茫的小豹子：

你带孩子长了专业知识，孩子成长的效果也好，围绕着幼儿教育这块提升自己，是最好的选择。永远都有孩子，永远需要好的教育，这一块市场很稳定。

将自己的已经证实的专长一点点扩大，这是迅速进步的诀穷，个人的成长，公司的成长，都是如此。人的时间有限，不停地变换方向，可能只得到了进步的假象（这个人好像很努力），但却一无所获，世界上每天都会有时尚的创业方向，什么风口都跟一跟，不仅飞不起来，还会生出很多焦虑。

如果你现在单身，只对自己负责，你想去上海深圳，我非常支持。从你的来信看，表述清晰，说明思维清楚，又有强烈的改变现状的企图心。你在机会更多的大城市，人生的可能性必然多一些，至少生活得舒服一些，因为对你生活私事指指点点的人将少很多。越是普通人在大城市越舒服，求人关注别人都未必关注，这是陌生人社会的好处。

但你现在有孩子，做决定的变量就多了一个，你的任何决定都影响他的利益。不少人当了父母以后，更靠谱了，更努力了，就是因为不想让孩子过得比别人差。一个人懒惰邋遢不思进取，他总认为是我自己的事，我自作自受，活得差一点，认了，精神上并不会多痛苦。有了孩子，这种状态就会拖累孩子，有自尊的人自然就振作起来了。孩子把一个人的责任感与竞争心具体化了，这压力至少持续十八年，非常有利于父母的成长。

从你的分析来看，你现在离婚，无论孩子归不归你，他的处境都将变坏，他的利益一定是受损的。如果你遭受巨大的威胁，不得不逃离婚姻，否则自己和孩子都将毁灭，那两害相权取其轻，离开孩子也是万不得已的事，将来他有原谅你的可能。

但你的情况并非如此，只是公婆非得和你住，嘴也多。至于老公老实，本事不大，这不是什么缺点，已经大大超过男人平均值。多数男人是本事不大，脾气很大，你卸他游戏看看？跟你玩命。他在你和公婆的矛盾中，保持中立，姿态并不完美，但能中立的男人，无论大城市小城市，还真的不多。你们的感情基础，并没有消失。也就是说，如果你的情况都要牺牲孩子的话，那中国90%以上的母亲都有理由牺牲孩子。从孩子的角度来说，无法接受，无法原谅。

你改善自己处境，也不伤害孩子利益，有可行的方法：你和老公制订计划，攒足钱自己买套房子，不再继续和公婆住，刺激你的矛盾就将减少。小城市的伦理与舆论，可能很难接受儿媳宁愿租房也不愿意和公婆住，但儿子儿媳买新房，那是人人赞美的有本事，住在自己的房子里，也是理所当然的。在你自己的空间里，老公听你的，孩子按你的观念成长，你现在的烦恼基本会消失。

小城市的伦理与舆论，有时候比较压抑，这是实情，但它的核心也是公序良俗，也认天理。大家还是喜欢好人，厌恶坏人，不可能是黑白颠倒的人间地狱。有这点不走形的认知，就会对自己有信心，我做一个好人，我是一个好妈妈，我工作生活认真负责。时间足够，无论大城市还是小城市，我一定会赢得尊重，伦理与舆论一定站在我这边，美好生活也在我这边。

祝开心。

连岳

激进投资者的感情危机

连叔好！刚刚我和老公吵了一架，回想起这十年的心路历程，好悲哀。

2009年和一无所有的老公结婚，大床都是倒贴的。家里没房，老公就说要盖房，拿着3万现金，借了18万，房子盖着盖着，结果盖出了46万的房子。往后几年，一直努力工作还债，熬了三年。

财务上刚轻松了一些，还欠人家几万。老公又要买一辆二十多万的车。身无分文又要坚持买车，又透支信用卡又办分期。之后的日子，月供加还卡债，生活开销被压缩到所剩无几，生活艰难月月光，负债累累过了一年多。车贷总算快还完了。

车款还欠一万多的时候，又相中了商品房，首付我们手头上是没有的。向我父母借了15万(听连叔话给高利息的)，东拼西凑24万，凑够了首付，又买商品房。又是三年吃土的节奏。个个月为钱，为还亲戚父母的债而发愁。挨了三年。

到了2018年，借亲戚的首付钱刚还完（第一套房子是供的，每月还款四千多，现在还在供），又相中了一套商品房。胃口够大了，也是身无分文。东拼西凑48万，居然能借得回来。老公又说要买。我迷迷糊糊又答应了，加上装修款18万。一年内负债66万。18万装修款一年内历尽艰辛还清了，还有40万的首付钱。在我看来，是个无底洞。

结婚到目前为止十多年来，一直处于透支还债、透支还债的状态。连叔，我累了。

这十几年来，我的收入都比老公高，我的收入大概是老公的两倍左右。老公可能想着经济上有我兜底吧，总是做这种紧凑又高压的经济决定。但我只是个女人，我压力很大。

感觉我这十几年物质虽然得到很多，但是我一点都开心不起来。连叔，我累了。

生活上苦不要紧，最主要是，我和老公越走越远了，我们经常为债务发愁。

生活上苦点，我觉得还可以接受，不能接受的是家里没有宽容和爱。老公爱指责与抱怨，遇事总是一本正经地问责、指责与抱怨，家里是没有欢笑的，很小的问题，老公都会放大，并且指责我。

熬了十多年，还是负债累累，家中只弥漫着指责。连叔，我累了，我也不想再这样走下去了。生活苦点没问题，可以用快乐、爱、宽容去调剂一下；但是，当生活只剩下债务、抱怨、指责时，还能过得下去吗？

连叔，我想离婚了。请问我应该离吗？

盼回复，拯救下我吧。

迷茫失眠人

* * *

迷茫失眠人：

你们是激进投资者，欠债（杠杆）长期处于崩溃的边缘，这有利有弊。利的是债务迫使人挖掘潜力，努力工作，在经济上行时期，杠杆也可放大资产增值的速度；弊的是现金流不能出一点问题，一旦失去工作或健康，也就可能失去资产。

长期处于高压之下，生活会变形。享受生活，谈情说爱，品味一顿饭，欣赏一朵花，都需要人的从容，而高压剥夺了这必要的乐趣。一个激进投资者，往往很难得到配偶或家人的支持，就在于人们本能地知道，投资是为了过上更好的生活，生活不只是为了投资。

温和投资法顺应人性，不负债买套房子，绝大多数人没这个能力，房贷必须背，开始几年也辛苦，但收入的增长与货币的贬值，令债务变轻，从容度迅速回升。此时快乐爆炸，房子有了，生活也不受影响。温和投资法是知道资产升值与生活快乐，都值得追求，只允许为资产暂时牺牲一点快乐，不允许为资产永远失去快乐。否则就变成了守财奴，除了敛财的快感，自己和家人一辈子没有享受改善生活的乐趣，那与贫穷并无太大区别。

财产多到一定程度，反而要学花钱，懂放松。从没房到有一套房，那是质的飞跃，意味着你在一座城市立足。从一套房到三套房，那是阶层的攀升，意味着你保有中产以上的地位。但是，苦不堪言的五套房子有比从容不迫的四套房子好吗？我看未必，我建议前者卖掉一套，把债务降下来，这样显得你的格局高一点，对生活的掌控强一些——这些都是了不起的平衡能力，也是人应该有的能力。

长达十年，你们两个都是意见一致的激进投资者，敢于面对高风险，这点足以证明你们的感情稳固。幸运的是，这高风险只带来了高收益，你们现在已经没有实际风险，只要愿意卖掉一套房子，债务立马清除。即使维持现状，以你们的偿债能力，两三年之后，也将一身轻。只要不再加杠杆，压力将逐月消失。指责是压力的体现，压力消失，怒气怨气也就泄了。

要不要离婚？我现在不给答案，也建议你现在不做决定。等到两三年后，没了债务，你们从激进过渡到了温和，再重新考虑这个问题。现阶段，多回忆一起为财产奋斗的战友之情，是很辛苦，可是这辛苦里体现出来的坚韧、信任、勇气，还有幸运，也很甜蜜。

祝开心。

连岳

未来有风险，而这是好事

风险是什么？它对我们有何意义？借助下面这个比较典型的提问，说一下：

连岳：

您好！我每天都看您的文章，已经成为一个习惯。想要在这里请教您一个问题。为了小孩读书，我打算在厦门买二套房，本是已经确定好了，房子也看好，资金也筹备好，贷款也提前咨询过银行没有问题。目前遇到一个问题，我自己开店收入不稳定，老公固定工资，但是月供1万肯定没有问题。我们在亲戚朋友那里借了30万首付，担心自己生意不好，月供交完后没有多余的钱还亲戚朋友。当然如果运气好一点，一年可以还十五万左右，前两年肯定非常辛苦，但是我不怕。

老公想要打退堂鼓，他觉得压力过大了。但是我想去搏一把，为了两个孩子小学初中有个好点的学校，我想，如果一年左右实在还不了银行以外的外债，就把第一套房子卖了。

您觉得我需要去坚持吗？现在心里很慌，没有底。很想听听您的意见。

* * *

投资买房，一个家庭需要各要素具备：观念一致、不怕吃苦、现金流维护得好、有至少三五年的长期视野，观念、勇气、行动，缺一不可，这注定是少数家庭才可以完成的任务。有时候，也无法勉强，就是硬给财富，假若招惹来的却是无尽的争吵与担忧，那不如算了。

房产投资，想清楚一点，其余全可交给时间：过去四十年，中国M2年均增长15%，过去的二十年，M2增长了十六倍，一线及强二线城市，依靠强劲的经济增长及人口持续流入，房产投资跑赢M2增长，是少有的普通人可以赢的投资，这期间的其他投资，不犯错误，也基本是输的。货币政策大方向不会变，也就是M2将持续增长，经济发展的规律也不会变，人口将不停向发达的都市转移。发达都市的房产，买不买？答案非常明显。

这些道理讲得再透，你的反对者（正如上面那位打退堂鼓的老公），一定会抛出几个担心：我生病失去工作能力怎么办？将来月供还不起怎么办？经济崩溃怎么办？换言之，你要承诺未来没有风险，我才会承担这几十年的贷款。

没人能做这个承诺，真有神的话，神也做不了这承诺。未来是不确定的，一定会有风险，这是规律。只要你是一个人，就得接受未来存在风险。不接受这点，相当于没有尽到一个人的责任，尤其是，很多人只是买第一套房子，或者不停置换，手中始终只有一套房子。孩子需要这房取得学位，家人需要这房获得安定感，是人生必须做的事。你的犹豫就等于家人的痛苦，未来的风险还在想象中，当下的风险倒是实实在在发生了。

你害怕未来生病，那就现在生活得健康一点；你害怕未来失去月供能力，那就工作得认真一点，能力长进得快一点。改变可以改变的，接受不可改变的。正如本杰明·富兰克林的生活态度一样：每天努力工作，像可以活一百年；每晚祈祷，像明天就会死掉。重点是每天努力工作。对于不可控制的风险，信神就祈祷一下，不信也可以对自己说：今天干得不错，睡个好觉，明天继续。

一个成年人，成家生子，要知道，你有的担心，家人也有，应该对他们说：有我呢，风险真发生了，我扛得住。这才是负责任的性感和魅力吧？家人基本的需求与安全都拒绝满足，理由是害怕！这像什么话。

像个成年人那样去战斗，让自己爱的人活得好一点，这是最基本的责任。一个人的能量、一个人的潜在，在负责任的过程中会释放出来，这正是人生有趣的所在。正因为有风险，所以我们有成长。

不要高估人性，也不要低估人性

连叔：

我们也被迫请阿姨了，她今天就要过来了。不知道为什么我心里很忐忑，可能是第一次请？也可能是对她不放心？最大的可能是因为不知道怎么和一个陌生人相处。

如果相处得不错，两个孩子上学放学接送都要交给她了。老是各种担心，而且冒出一些没发生的极端的想象。本来是请来减轻我们两个的家务、做饭、带孩子的压力的，反而自己精神更紧张了。

Jill

* * *

Jill：

一个人生活要好，离不开阿姨。这是生活富裕后必然的社会分工。我一直认为，家政业大有前途，它没有门槛，技术难度不大，但好的阿姨又很抢手，收入不低。一个阿姨得到了雇主的信任，她一生的稳定性甚至超过许多雇主。可以同甘，不必共苦，雇主若事业发达，她的收入水涨船高；雇主若家道中落，用不起阿姨，她很快可以找到新东家。

阿姨这个行业，可信任度其实比别的行业高，那就是因为，这一行的核心竞争力是取得信任，并不在于家务做得特别出色。一个阿姨想保住工作，建立口碑，提升收入，只有通过雇主的信任这条路，其他行业可以取巧，这行却无旁门左道。

好阿姨的工作是不需要监督的，你越信任她，她做得越好。这是我几十年请阿姨的经验。她们最后都有我家的大门钥匙或密码，自行进出。

当然，我不是建议你盲目信任，我也遇过不靠谱的阿姨，客客气气把工钱结清，编个理由让她有台阶下，换人就是了，不是什么大事。我从小见识过人性恶，也活了半辈子，知道人性其实很靠不住，自己不强大，指望人性中善良友爱来帮助你，那希望渺茫。

但人性也是符合正态分布的，绝大多数人不好不坏，只是他人与环境的镜像。环境好一些，你信任他，他就呈现出善的人性，反之他就人性恶一些。基于这个事实，默认设置为相信他人对自己有利，这样可以引发人性善，自己身边的小环境就更好。这么做，肯定要承担风险。不瞒你说，连叔这样的老江湖，偶尔还是要被坑，复盘找原因，都是因为太容易信任对方。有个大坑，去年底才爬出来，早先合作时，对方托了好朋友的关系，我完全放弃合同该有的制约，结果对方钱越欠越多，越多越不想给。

未来还会有坑，可这种风险是值得的，因为它的收益更大。没有信任的风险，就没有信任的收益。无法信任他人与世界，生活就会变得极为简陋。以请阿姨这事为例，有些人对这行充满偏见，他们认定阿姨一定会偷懒，手脚必然不干净。他们越是不停请阿姨，偏见越深，因为他们制造出了极端的小环境。好阿姨一看雇主这德行，迅速托词离开，只有没人雇的坏阿姨才愿意留下斗智斗勇。他们于是如愿得到很糟糕的事实：阿姨要么不安心工作，要么就真是坏阿姨，所以不请阿姨是对的。这样的话，再多钱，他也无法享受生活，甚至烦恼更多，他得自己做一切家务，房子越大，家务越多。

无法信任，则无法合作。任何一个真有能量的人，从好阿姨到好企业家，你不是真心信任他，他都不愿与你合作，你也就无法借用他们的优秀成就自己。无法信任他人，人生必然是简陋的、痛苦的，将发展成受迫害幻想症。一个丰盛的人，在于他的生态是丰盛的，通过信任的联结，他为别人创造价值，别人也为他创造价值，螺旋上升。

本能使人容易恐惧，信任他人需要一个学习过程。我们排除一个不值得信任的人，成本有限，你拒绝的同时，损失就停止。得到一个可以信任的人，收益无限，可以合作一生，可以享受他的成长。

祝开心。

连岳

女人需要什么？

连叔好：

疫情期间，坐标深圳，二套学区房已签合同了。首付款大部分是借的，如果两到三年还不上，打算把现在的房子抵押贷款后还款。买之前很焦虑，但从下定决心到出手，只用了一周。老公从一开始的不愿意，到后来的果断买，让我重新再次认识身边这个男人。

我们是研究生班的同学。毕业三年后买了第一套房，手边真是没什么钱，当时战战兢兢地和房东谈合同，也不知道怎么谈，就告诉房东我们喜欢这套房子。他们夫妻俩人很好，但是我们没什么钱，磨到半夜，终于降了两万元。恰逢2015年3.30政策，身边很多人的房东都反水，但我们的没有。

毕业六年后，我提议给我父母在我妹妹生活的城市购置一套房，让他们安度晚年。老公欣然同意了。这套房升值可能性不大，但自从买了后，我内心安宁很多。实在希望含辛茹苦养育我的父母能住得舒心。

毕业八年后，手边有些积蓄，要拿下这套小户型的学位房还是不容易。第一套房初中学区一般，虽然孩子们还没有上幼儿园，我们还是想提前筹划下。疫情期间，没法看房，我觉得无所谓，反正以后这房子也是出租。这次和房东谈虽然还是有些紧张，但我们夫妻有提前稍微部署下“策略”和心理价位，砍价八万后不到三十分钟就签合同了，其实再磨一磨估计也能降些，但我们觉得已经差不多了。

虽我们所有的房子都是我吵着要买的，但没有我老公的支持，我办不下来这些事。我佩服身边这个男人的担当和勇气，也感恩自己的好运可以遇到这么好的人（主要还是因为我自己优秀，配得上，哈哈哈）。

同时，我也感恩我的亲人和朋友们，这年头还能借钱的人，真的是真爱。

接下来的日子，我们肩上的担子更重了。我想我们会更努力地工作，更努力地让自己更加健康，更努力地好好陪伴孩子们和老人。和老公一起并肩作战，一起分担一起努力，相信我们很快就能熬过去的。

之前因房子的事，半夜三四点也睡不着，给您的微信公众号发了信息，发完就能眯一会了。您真是有治愈效果。以后还会继续给连叔写信的，希望不会打扰您。

祝您和连太身体健康，平安喜乐！

小草

* * *

小草：

恭喜你。也谢谢你们提供了这个买房教程。你们走的路，几乎是所有城市新移民也得走的。在一座城市有了自己的房子，相当于树有了根，之后才能慢慢成长。

现代社会，人的流动性更大，我们未必会在一座城市终老。有人以此为理由，认为人不需要房子，反正我们不知道自己五年后十年后在哪里。更多的男性接受这个观点，这可能是性别的差异。男性往往一讲到房子就烦躁，给他一个理由不买房子，他很容易接受，即使这理由经不起推敲。人当然会流动，这一生，可能从深圳到上海，从上海到伦敦，再从伦敦回深圳，世界有多大，人才的舞台就有多大。你从深圳到上海，深圳的房子并不是拖累，你至少可以置换成上海的房子。人是流动的，资产也可以流动。

或者，可以更自信一点说：老子流动到哪里，就在哪里买一套房子。你说这句话时，可能刚刚大学毕业，还在攒首付，说了自己心里也发虚，但是没关系，可以说。自我预言发布以后，它像磁铁，吸引你的人生自我实现。但是也不要向太多人说，向关键的那个人说就行了。你的女友，或你的老婆，她100%爱听这话，听完更爱你。在女性听来，这相当于爱的誓言。

“我爱你”三个轻飘飘的字，说出来太容易，很难据此判断是不是真爱，更无法证明有没有责任感。婚姻的试错成本太高，错爱无法托付的人，人生的游戏模式就调到最难。没有责任感的男人，可能在女性怀孕生子后，拍拍屁股走了，或者以事不关己的态度在家里混着。女人能怎么办？人生又不能NG，再来一次，只能自己承担更多责任了。

买房子是一生最难的事，也是一生不停的事，从小买到大，从一买到多。正因为人人都知道难，你去做，才更显出价值。我愿意为你，承担这个最难，这不是责任感是什么？

其实，一起买房子，女性的贡献往往不少，她也上班挣钱；往往还承担更多家务；孩子的天性更依恋母亲，母亲在孩子身上花的时间也更多。但奇怪的是，这些傻乎乎的女人，一听到男人愿意买房供房，心马上化了，眼里也有泪花，好像都是那个男人的功劳。那些连这点都想不通的傻男人，要么是真傻，要么就太没有责任感。

把爱落到实处，做难一点的事。这是女人需要的，这也是你自己需要的。对那个用身心爱你的女人，你都不靠谱，你能有什么信用？

祝开心。祝所有女人和她们爱的人今天开心。

连岳

家庭责任感，是一个人最好的标志

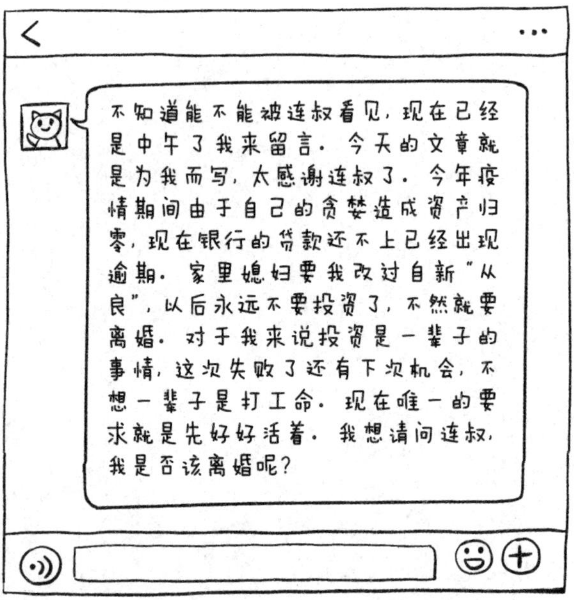

这位投资者，我建议他离婚。为了他的家人好。

合格的投资者，犯的最大的错误，不过是买贵了。其实这并不是错误，投资中，买贵是经常发生的，但好资产本身的成长性，很快会弥补这些“损失”，时间一拉长，买入时多花的一点成本，完全无所谓的。所以，合格的投资者，资产不可能被清零。

投资，既是非常安全的，也是非常凶险的。

说它安全，那是因为中国是最佳投资地。疫情以来，尤其证明这点。在这里并不需要一个人特别聪明，按部就班即可，工作、积蓄、买入资产，几十年后，生活就可处于富足状态。即使人的寿命越来越长，退休后还有几十年，但因为有资产性收入，也无匮乏之忧。

说它凶险，因为资产不过是一串数字，只要错一次，就可清零。这种清零型“投资者”，你岁数越大，会见得越多，因为他们的凄凉的晚景让你印象深刻。他们并非不聪明，也不是没有机会，甚至一度还得到很多，但只要输一次，再大的数字乘以0，都等于0。

清零型投资者的思维缺陷，就在于他们投资前，从来没有考虑过“万一最坏的情况发生怎么办？”，他们的脑子里只有一片光明，不停地上涨和翻倍。这种思维力甚至弱于赌徒，赌徒都知道自己下的注极可能输掉。

最坏情况一定会发生。不是这次，就是下次。不在预料之中，就在预料之外。如果没有充足的准备，再正确的投资，都可能清零，只要超出你能力，用了承受不起的杠杆，事情一朝坏的方向发展，就成雪崩之势，你的一切都被剥夺。情况再坏，一两年就会过去，人人都知道冬天之后是春天，但在冬天清零的人，就永远停在冬天了。

如何成为一个安全的投资者？那就是成为一个负责任的人。做任何一次重大投资前，问问自己，最坏的情况发生，家人的温饱、住房、教育与医疗，是否仍然可以得到保障？保障不了，那看起来再美的机会，都不是你能参与的。

有人说，如果我考虑家人这些需求，我就没有多少资本了。这种事，你得换个角度想，你能力如此一般，都有人爱你，有人投胎到你家，你不是更应该感恩吗？怎么能用他们的幸福与安危去赌？

家庭责任感，是一个人最好的标志，也是一个人最好的财富与运气来源。没有的人，就不要成家，成了家赶紧离。你赌对发达了，搞三搞四，抛妻弃子。你赌错破产（最后总会发生的），家人倒有受苦的份。

这种人，真是太让人瞧不起。不要成为这种人，也不要和这种人合作。

错得早一点，短一点，是幸运

连叔：

抱歉到您这儿传递负能量，之前的来信读得我义愤填膺，读到您解答的部分却惊喜而接纳。您总是讲道理且又让人温暖信服。我们家先生，如果说人家是白开水之爱，他恐怕是杯烈酒。恋爱两年，结婚一年，原本是新婚燕尔，如今他回了他父母家，坚持要和我离婚。我反思自己，前面确实不懂得经营婚姻，性子急且太爱规划，常有强迫症，直白指出对他的不满，也提过几次离婚。

我俩都是三线城市一般家庭出身，我生于1992年，大学毕业后在一线城市当公务员，月薪两万多。他是1987年生人，在同城市的上市公司当三把手，销售总监，但待遇跟头衔不大匹配，月薪九千多，提供租房，年终奖看老板心情，且之前都拿给父母。恋爱时说好买套小小房，以后小孩才能落户读书。以前他说从不想买房，小孩可以回老家去读书，但为了我他还是买了，虽然买得一波三折：先是他父母将老家住的商品房置换成碧桂园新盘，后是他老板劝他不必在一线城市买房，再是说我们摆酒席花费太多，家里没资金。以前我总是觉得男人娶妻生子买房是应当的，现在回想觉得我先生其实挺好的，毕竟他在我的坚持下克服重重劝阻买了房。

可惜买房种下了我和我先生父母的嫌隙。公公给了一部分首付，也介绍一个他的好朋友借钱给我先生，但公公始终觉得有公司租房住就够了。我曾解释过是孙子的入户入学需求和家庭限贷首付三成（老家碧桂园是用我先生名贷款），尽管这一年房价也涨了不少，但公公还是说我不应该买这么早。之后我们还住公司的租房，将自己买的那套出租。本来以租养贷加上我的公积金，再加上一部分现金流问题不大，但由于老家换的那套新房月供六千多元都是先生负责，每月剩三千元过日子，他经济根本周转不过来。开始我并不知道这些，后来发现他去赌球，还搞各种拆东墙补西墙的网贷，我就提出自己一人负责我们这套房的月供和部分生活开销，他能攒下来的都去还网贷。发现赌球那会儿我很生气地提出离婚，没想到先生和公公说了以后，我公公说他管不了想离就离，说他们每个月六千多的退休金要留着自己花。（我有和我先生提过，父母能否帮忙供老家新房一两千也好。但都失败，他说我很不孝顺）。

可能经济压力大，再加上备孕，希望他戒烟，酒不奢求他能戒，毕竟工作应酬需要，但也常因为他和球队的人去消夜喝酒晚归而吵架。前段时间先生踢球韧带撕裂做手术，公公因为颈椎骨质增生要理疗没来，婆婆也得留在老家照顾公公，我自己一个人咬牙晚上陪护白天上班，心想这次之后他碰球和酒的机会都会变少，摩擦也会减少，可以趁休养重启我们的备孕。但由于复吸烟等一次又一次的失信，我跟他吵了几次，我对他好失望，提出离婚。他不置可否，之后陪公公婆婆回了老家（公婆在先生出院第二天过来了我们这）。

回去前几天还正常关心我按时吃饭养胃，小心开车，没过多久就不停催促我办离婚手续，至今好几个月。他说他好累，我很纠结，甚至怀疑自己，是不是不该坚持买这套房，不然不至于两夫妻走到今天？毕竟他曾经那么好，会煮饭倒垃圾，会为我煎中药，为何今天这样绝情赶我出去？公公说他夜夜睡不着，身体不好全是因为我们这段吵吵闹闹的婚姻。我先生说婚姻不是两个人的事，是两个家庭的事，他要照顾公公的身体。我承认这话是对的，确实对公公的一些价值观我做不到发自内心的认同，但我主动道歉了，也回去找过我先生，可他就是不肯再回这个家。我公公，还有他的朋友都叫他离婚，我成了他们口中一无是处的妻子。我的朋友也有劝我离婚的，说我当初在那么多追求者中选错人。但连叔，我真的不舍得放弃，毕竟这是一段婚姻。他有不妥我也有，婚姻不是慢慢修正过来的吗？真的太疼了，深夜叨扰，很抱歉，盼复。

无方向

* * *

无方向：

我看到了事情有利于你的一面，忍不住都要恭喜你。

请尽快答应他的离婚的请求，以免他后悔。即使他后悔，你也要把婚离掉。这次婚姻，不存在修复的可能，理由如下：

他整个原生家庭的财富观是错误的，财富观错，则终生贫穷，或者保不住财富。财富是幸福的基础。无这基础，暂时有幸福，也是无本之木，无源之水。

我们不能对原生家庭要求太高，只要和你结婚的他，财富观是正确的，即可，毕竟是他在做决定。但是原生家庭错，他也错，那就错上加错，永无宁日。就像你一样，即使购入的一线城市房产升值，也无法纠正他们的错误观念。这事证明你是“旺夫”的，没有你的坚持与决定，不可能在一线城市买房，按照你的节奏，房子由小到大，由一套到两套。有了孙辈，公婆自然移居至一线城市，享受更好的医疗与生活条件，或可再获得房票，有利于继续积累财富。

你是他整个家庭进化的助力。婚姻表面是人与人的结合，本质上是观念的结合。但你的好观念，在他们看来，却是可怕的负担。他们因而厌恶你购房，这种厌恶不会因房产升值消失，只会在每一次购房机会出现时跳出来阻拦你，恶心你，甚至威胁婚姻的安全。他们配不上你这进化的助力，他们从一线城市退回的惰性过强。

其实没有人不喜欢房子，找个窝，是人的本能。只是有人永远只喜欢家乡的房子，他从三线城市到一线城市，他就只想回到三线买房。他从乡村到了一线（或二三线），他就只想回村里盖房子。人往上走，总是会遇到压力，更贵的房价将这压力具体化了，家乡相对便宜的房价就会不停地诱惑他退化。

太平盛世，在发达城市购置（升级）房产，是普通人最好的财富进阶之路。它任务简单清晰，可分解，不过就是努力工作，每月还房贷。没有复杂的推演，不需要随时做决定，踏实过日子，水涨船高，十几二十年后，财富就可观了。而在这慢慢变富的过程中，你理解并获得了忍耐与意志，变得不再普通。你适合这进阶之路，而他完全不理解，也不配合。婚姻已无存在的基础与必要。

不过，即使他的财富观正确，他意志力薄弱又有赌博毛病，也实践不了观念，而且会把你们的财富都清零，变成负数。

人的成长必须经历错误，甚至是错误的婚姻。错误的婚姻很难纠正，在里面耽误几年，浪费半辈子，都有可能。你非常幸运，只付出一年的时间成本，还没有孩子，又只有28岁，对方还这么坚决要离。错得这么早，纠错这么快，凭借其中得到的经验与教训，下一次婚姻将是幸福的。

祝开心。

连岳

家人非我同类，两个相处原则

连叔：

您好！

关注您的公众号挺长时间了，一直默默看您的文章，吸收您的正面思想。这两天我有一个小困扰，跟身边朋友倾诉了还是不痛快，所以想到了您，因为您总能给予我们开导与启发。就算无回复，我也想跟您倾诉一下。

我是1990年生，我老公是1989年，我们都是从农村考上大学出来在北京工作的，全家人租住在这里。这些年靠我们的努力和省吃俭用（省吃俭用有点夸张不过差不多，不敢大手大脚），目前在天津和老家市里各有一套房。今年又有了二胎。生老大时公公婆婆就在这儿帮忙看孩子（公婆从老家来，无收入也基本无存款，公公还有病干不了什么）。

老公有一个妹妹，1995年的，前年本科毕业来北京就一直跟我们住在一块儿。她在北京找了一个小财务的工作，每个月挣三千多块钱，竟然也一直干了下去。其间我鼓励她换工作或者提涨薪，但是不了了之。老公也着急他妹妹，觉得来北京也不奋斗，挣这么点钱看她也没啥想法。但是老公没有正面跟他妹沟通过，他们全家人性格都不爱沟通。我们都明白，她跟我们生活在一起，有吃有住的没啥压力，三千多块钱就足够她自己花了，没压力就没动力嘛。虽然她也想有所改变，但是很难迈出脚步，尤其是性格温暾的人。

老公妹妹这一住就是两年多。时间一久我有点儿不乐意，我们压力也挺大的，上有老下有小还有两份房贷和一大家子的开销，一大家子挤巴巴地住在一起。最主要的是，她应该自己闯闯了，锻炼锻炼独立自主的能力和与别人沟通接触的能力。每天除了上班就老是我们一家这几个人，她也没什么爱好没什么社交，这样下去不是办法。

前几天他妹妹打算辞职回老家市里，觉得在北京挣不到什么钱，想回去考个公务员或者事业单位（她在北京一直有看书看资料）。我们都支持她，如果能考上当然很好。然后，我的困扰就来了，因为她回去要住在我们市里的房里！这是我的婚房，从找房、看房、买房、办手续、装修、买家具家电、布置全是我和老公跑前跑后弄的，我公婆在村里他们也不懂，也没出钱。当时他妹妹还在念大学，也没出过一点钱一点力。这个房子我总共只住过两次，加起来还不到十天，平时就是给老公妹妹有事回市里或公婆偶尔回老家落脚住一住。现在她要回去发展了，就是长期住在里面了！我崭新的房子，我自己都没住几天呀。要是过渡住一住我没意见，但是这一住到啥时候都不知道。婆婆有次还说要在这个房子里送她女儿出嫁，不从村里。我其实是不愿意的，我的女儿我才让她从我的房子里出嫁呢！现在我在打这些字，想想就心里不平衡，我辛辛苦苦建造的家园，就要被别人占用了。最主要的是，又给她提供了温床，要什么时候才能自立自强！一辈子都要我们帮助她吗？自己不立起来，将来还要靠我们多少！

我心里不愿意，但是又不好拒绝，毕竟公婆帮我看孩子，似乎我应该照顾他们的女儿。而且我老公也愿意让她妹妹去住，他比较护着他妹，他是个大好人吧，平时自己有点东西很愿意拿出来给全家人。我要是反对估计家里得闹矛盾了。我只能忍了吗？

我们从认识到结婚到买房、生娃，我没拿过他们家什么。这几年我和他一起努力，我想当一个好媳妇、好嫂子，尽量让家里和谐尽量照顾着大家，可是每次只要关于他家人的事，我的意见和感受就会被摆在次要，好多回了，心里真不痛快。

您说我该怎么办？我老公是不是就是凤凰男？

RB

＊ ＊ ＊

RB：

你们夫妻走在正确的道路上，踏实节俭，积攒财富。我也可以看到你们光明的未来：最后在北京拥有房子，把两个孩子培养成像你们一样负责任、有韧性的人。这可能还只是你们人生成就的低点。雪球滚大到一定程度，突然的爆发，其高度是难以预估的。所以，一般孩子，要像你们一样，不怕白手起家，每一分钱都是自己挣的，是值得自豪的事，也能令自己增加力量感。

你小姑子让你不舒服，本质上并非她占了你们的便宜。看得出来，你是慷慨的、宽容的人，并没有多少人能够忍受她在自己家寄居几年。因为她并不自立，也无进取之心，这种本性的不同，令你气恼。按你的性格，在北京有落脚点和家人的支持，那一定会走得比别人更快更好。她非你同类。人性是这样的，对我景仰的、欣赏的人，可以倾囊相助；对我鄙视的、厌恶的人，拔一毛都痛苦。你现在就被这样的人性折磨。

确实，有些人若不是家人，多瞧一眼都不可能，但他偏偏就是家人，又非大奸大恶，不能一刀两断，必须相处一生。有两个原则可消除烦恼：

一是简单的术，两害相权取其轻。你小姑子住在你北京的家里和住在你老家的房里，后者的伤害小得多。老家的房子，你自己不住，也不出租，小姑子住，你没有经济损失。她不住房子也会旧。十多年后，也得重新装修。再说了，这也是还公婆替你们带孩子的人情，有这种轻松还的机会，何乐而不为？

二是复杂一点的道，强者有帮助他人的“义务”。这义务打了引号，法律上并没有强制，强者完全可以不帮助他人。但人强到一定程度，却会主动承担起这义务。在不影响自己小家的情况下，你愿意伸手拉人一把，主要是从自己的家人开始拉起。他们可能并非同类。假如是陌生人，你绝不会管，但他们运气好，有你这样的家人。所以，你得恭喜他们，同时庆幸自己不是被拉的一方。能力再大一些，你的帮助就会超出家庭的范畴。人生本来就有“归还”这个程序——人终有一死，我们从这个世界得到的恩惠，财富也罢，智慧也罢，都得还给世界。这样想就不会患得患失。得我们恩惠的人越多，说明我们所得也越多。这是乐失乐得。

祝开心。

连岳

4

亲子 · 教育

家长与子女，教育者和被教育者，总会随着子女成长，发生角色互换。

孩子，该当家庭的引领者了

亲爱的连岳叔叔：

启信好。

我是个土生土长的广东女孩，小时候家境贫寒，可随着大时代的发展，经济水平的提高，家庭环境也终于有所改善。两年前父母终于在我们生活的四线小县城里买了房子，虽然举债无数，可终究有了安身之地。

母亲一生勤勤恳恳，父亲年轻时好高骛远，也终于在人到中年时选择脚踏实地赚得三餐温饱。虽然家境不怎么样，以前也有过家暴，父亲现在依然每日板着脸对待母亲，可是父母一直对我和弟弟宠爱有加，在能力范围内给予我们最好的。母亲是一个强大的女人，22岁的时候生下了我，在车间做缝纫工作时总是争取做到业绩排前。后来父亲出轨，在父母的劝说和男尊女卑氛围的影响下，妈妈选择了忍下来。弟弟出生了，计划生育抓得很严，还有其他各种因素，我们全家从佛山搬回农村。母亲从勤奋的工人变成了务农的妇女，她怜爱我和弟弟，一直舍不得抛下我们两个外出打工。其间父亲做各种零工，终未成大器，一家人过得很拮据。妈妈想在四线小县城买房的心愿也无奈落空。铺垫这么多，其实是想说明，虽然只有初中学历，可是妈妈一直有远见，慈爱，重视教育（小学的时候她每晚都在我们身边辅导功课，让我们读能力范围内最好的学校，从来没有缺席过任何一次家长会。就算是现在弟弟的成绩在班里倒数，她工作很忙也不想有所亏欠，一路奔波也要出席），思想开明（一直鼓励我往大城市里跑）。

可是连岳叔叔，您说，这么一个还算开明的妈妈，为什么在我的恋爱问题上让我如此失望？我今年22岁了，在广州的南方医科大学读药学。我的男朋友是我的同班同学，温柔，善良，细心，乐于助人，遇到我之前抽烟，对学业不太上心（高中的时候成绩是很好，可是理科更强一些，造化弄人，选中了药学这样需大量记忆的专业，可能让他很受挫）。可是跟我在一起这半年以来，他一根烟都没有再抽过，我的上进心也感染了他。尽管还是很害怕英语，可是他现在每天背单词看阅读、考计算机二级、计划考驾照，在我的推荐下还跟我每天一起读您的文章，一起完成“下周很重要”，每天爱意满满地紧跟我的脚步。我遇到什么困难第一时间跟我一起解决,对我万般爱护。

这样一个优秀、性情温和又愿意为我改变的男孩子,是云南的摩梭族人。就是因为来自云南,妈妈就不同意了。“我没有见过他,我不妄加评论,但是我相信他人品是好的,是你看上的,我知道他是好的,可是云南真的太远了,我真的接受不了。”——这是妈妈的原话。然后又举了一大堆前车之鉴,比如:“你堂姐夫(家乡距离我们比较远,可是还在广东省内呀!)结婚后一直住在你堂姐娘家,没有什么贡献,后来还欠下一身赌债。今年你堂姐30岁了带着个儿子,多艰难啊,改嫁都不容易!”我就跟她说:“我跟姐姐不一样,姐姐是中专毕业的,人又比较懒惰。我是本科的,人也算勤奋呀。我的男朋友也跟姐夫不一样,姐夫一看就不靠谱。我的男朋友却是说到做到负责任的人。”又比如:“深圳的阿姨两夫妇辛辛苦苦把表姐送出国读书,书是读到了,还移民英国,父亲有可能抢救不过来的大手术却因为签证问题只能通过视频联系,有什么用?”可是我觉得,这种意外谁也不想的,妈妈难道要为了这种意外把我一辈子锁在她身边吗?虽然可能听上去有点不孝,可是表姐的生活比自己的父母高出了一个阶层呀(不过这种想法我都不敢说出口,怕妈妈伤心,觉得我忘本,可是我明明是一个独立的个体呀。生我为什么不是为了让自己的人生更完整，不让我作为一个独立个体自由飞翔，而是把我当成自己的附属品呢？）。又比如：“另一个表姐在舅舅弥留之际都不敢把男朋友带回家，因为男朋友是茂名的，距离太远了。（广州到茂名，距离太远？）舅舅明确表示过方圆二百里以外的都不接受。”她还说舅舅这种在广州打拼了这么多年，终于有几千万身家的人都这么说，这么多身边的人远嫁（远？都没出广东耶！）都没有好结果，我为什么不听她的话。还说她自己也年轻过，以前也被捧上天过，才几年就同床异梦备受欺凌了。问我为什么不听她的。然后我说：“妈妈，我不一样，我们两个都是有学历的人，虽然还没出社会，可是都算勤奋上进。我们都打算留在广州发展，不会去云南的。男朋友性情温和，待我不薄，而且我会努力工作，让自己在该放弃的时候有足够的底气离开。”妈妈又说我把一切想得太简单。哪里有这么顺利的，如果最后要回云南怎么办？我就说：“我自己家里也是穷着长大的，我不会回小城市去的，道不同那只能分开了。”妈妈就说：“那既然都是分开的，又不是没得选了，你为什么非要选他？为什么要浪费这心力，等你要分开的时候你已经付出了太多感情分不开了。”然后我说：“你想我怎么样，你是要我现在无端端跟别人分手是不是？”她说：“是啊，免得浪费感情，一开始都让你不要开始了,你又不听。”

连岳叔叔,我真的要气哭了！什么叫浪费心力！我跟他在一起我很开心啊！妈妈所有的担心我都回答了呀！她几句“你把一切想得太简单了”“我也年轻过”……外加一大堆三姑六婆的前车之鉴,我真的无力反驳了。

连岳叔叔您一直主张不要试图改变他人的观念。可是知易行难,特别当这个人是爱了你这么多年的母亲的时候,她也只是想我过得好一点而已。而且我这颗年轻的心,也没有经历过什么大风浪,有时也会怀疑,也会对未知充满恐惧。真的是我想得太简单吗？我是错的吗？我是该采纳那些前车之鉴吗？前车之鉴都是对的吗？我也不会是个例外吗？可他是多么好的男孩子啊(我现在的态度基本就是你说你的,我还是要和他在一起。可是妈妈每隔一段时间来搅扰我一次,我真的很伤心)。

连岳叔叔,或许在您看来,这真的是再小不过的事情了,可是确确实实带给我很大的困扰,谢谢您听我倾诉。我的爸爸从来都没有给过我什么情感上的关怀,没有引导。我以前也曾憎恨过他,可是像您说的,或许他自己也不是什么好榜样,不管教,让我自由生长也算是一种管教了,最近我才有所释怀。我的意思是,爸爸的年龄与您相仿,爸爸没有管教我；而素未谋面的您却给我带来了许多观念上的改变。今天敲下这么多字，算是跟“爸爸”的一场谈心了，如果能得到您的指点，我一定会非常感激；即使得不到，我对您的喜爱与尊敬也不会减少半分。

连叔，连太，晚安。祝安好。

Xy

* * *

Xy：

你现在的选择是对的：你说你的，我做我的。把自己最重要的学业与恋爱处理好，这就是抓住了最重要的事。

要事第一，这是生活的最高效原则。每一天，人生每一阶段，都能遵守这原则，情绪起伏与干扰（这几乎每天都会发生）就无法打乱我们的生活，人不浪费自己的精力，最后总是会趋向于好的。

你现在处于非常主动的位置，我不怀疑你能获得好学历，并留在心爱的大城市工作。从你叙事的流畅性来看，这几乎具有100%的成功率。

我也祝你的爱情顺利。但万一将来两人分手，爱情也是没有错的。爱情本身有其规律，两个很好的人，最后也可能会分手。爱情是合适，是共鸣。很多人需要若干次恋爱，才能找到最合适的自我和最合适的恋人。

你们将来白头到老，那当然证明你妈妈的婚恋观是错的。你们这段爱情，最终若是分手，并不能证明你妈妈的正确，她的婚恋观仍然是错的。之所以做这么不吉利的假设，那是提醒你避免人在软弱或赌气状态下犯错误。很多人第二次的恋爱和婚姻，比第一次更糟糕，那就是因为软弱和赌气，顺从了原来自己反对的观念，破罐子破摔。

无论你将来恋爱的形态如何，你母亲将永远只看得到你恋爱的危机。一生的经验告诉她，爱情与婚姻，辛苦而无回报，男人是无能且背叛的动物。她的认知，不足以让她跳出自身经验的小圈子。她已经没有能力欣赏好婚姻，她只会寻找坏婚姻的例证来喂养自己的坏观念。这会让她好受一点，她将认为，无论表面有多大的区别，女人们受的苦都和她一样。

你说服她的可能性趋近于零。因为那等于要她否定自己的一生。

一个缺爱的母亲，有更强的掌控子女的冲动。孩子从小爱她，温暖了她，代替了原来应有的恋爱。当孩子成年了，开始恋爱，那相当于移情别恋。为了留住爱，她倾向于妖魔化竞争者。正因为她爱你，所以她将一直抢夺你的爱。她很难改变这模式，一直被“骚扰”，是你要承受的。

但这不意味着你的母亲不会祝福你，你过得好，她会开心的，而且将慢慢降低"骚扰"的强度。只是，她的低认知令她内心无法和谐，会有混乱与冲突的举动。你现在是家里最强大的人，你掌握的主动权意味着你现在是引领者：你的观念提升，你的生活幸福，然后母亲（家人）慢慢跟从。

在教育中，引发家长暴躁与焦虑的是他们的完美孩子幻觉：没有缺点，一听就懂，从不摇摆，永远第一。现在你其实已经是家长，你的学识已经让你成为教育者的角色，无论你有没有意识到，无论你愿意与否，这个角色转换都正在进行。你的妈妈已经是一个需要你教育的孩子，你现在是她的妈妈了。你焦虑的来源也是她离完美孩子差得太远，甚至是资质愚钝，简单的道理永远理解不了。

接受她是你的笨孩子，焦虑就会消失。你也要像一个好家长，身教更重要，按你的选择，用你的努力，经营好自己的爱情与事业。你过得好，你母亲才看得到这世界的好，那是她原本没见识过的东西。

祝开心。

连岳

为家人估值

连叔：

我想听听你的想法。我的母亲对我很好，起码她是一心一意为我着想，但是她替我着想的事情十有八九帮不上忙，要么帮不了，要么我不需要。但我在内心深处终于承认自己害怕和她相处。她像一个不定时会爆炸的炸弹，有可能上一秒还开开心心的说笑，下一她就能翻脸、哭泣，以极度委屈、厌世绝望的姿态出现在我面前。

比如今天，我老公生日。我现在怀着二宝，她住在我们附近。有了小孩真的会忘记很多事，我就把我老公生日忘记了。然后赶紧补电话说晚上出去吃饭，也通知我母亲不用做饭了一起去。她已经准备好了菜就差下锅了（她每周给我做两次晚饭，每周有三晚上左右陪我去带大宝玩一两个小时，其他不麻烦她。如果不是怀着二宝有不安全因素，我可以自己下班带大宝)，对于这种"突变"，她一贯都要责怪一番，她讨厌变化带来的干扰。

在我按她的心理需求解决了已经准备好的菜怎么办的问题后，她开始说上次大家吃饭发生不愉快的事，意在告诫我们不要搞不愉快。我就说了句："本来愉快吃饭的事，你现在把不愉快翻出来重温一遍，已经和你想的愉快结果走两头了。"还开玩笑地说了句："不要做环境和气氛的污染者。"结果她就爆炸了，委屈了，哭了，开始说我们从来一点不为她着想，说她根本不想和我们待一块儿，她晚上不会来吃饭……每次一有类似的小事情，大部分都会这样。

我心底害怕她的不定时爆炸，在一起总是心惊胆战的，小时候经常被揍(主要是因为我吃饭很慢的缘故。我学习很好)。我记得我初中时还问过她："你怎么不经常打我了？"她回答："你都大了还被打，让同学朋友知道会被笑话的，就不打你了。"揍人、翻脸、情绪不稳定了那么些年，那之后我离开家自己平静地过了那么些年，现在我真的很难适应回到曾经那种相处模式。现在我有了宝宝，她和我爸也离婚了，于是租房住在我们附近，多了很多在一起的时间。

我感到我的身体记住了很多儿时的反应，我无法像不熟悉的人那样耐心对待她的问题。也许别人看起来只是平常事，可我的感觉像水面的一小座冰山，而厚、大、重的基底问题就在水下藏着呢。我会反抗，但是也忍耐许多，这样的情况她已经觉得我相当不顺她的心（这种时候她就立马翻脸）。唉，怎么办，她来帮我，我很感谢她，她自己也需要亲情，但是彼此很受伤害。求连叔指点。

耳钉

* * *

耳钉：

先来重温一条著名原理：任何事情都是有成本的。

这条原理一般都划归为经济学范畴，这降低了它的重要性。给人的错觉是，我在考虑经济问题时，才要运用这条原理。虽然这样收获已经很多，但还是很浪费。

这条原理贯穿人的全部行动、一切领域。任何事情都是有成本的。为了得到自己想愿之物，我们就得付出成本，许多交易没有明码标价，但是一定会以另外的方式体现为成本。

前几天，回答了一位朋友的问题：

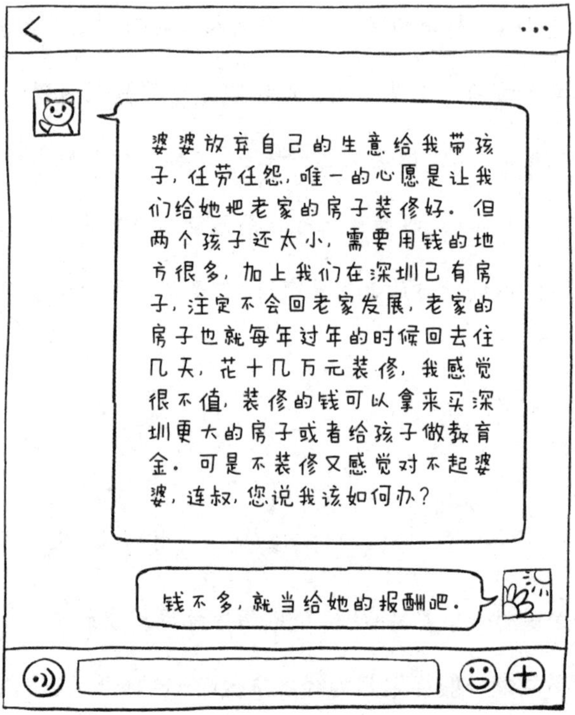

这十几万元，当成报酬给一位任劳任怨帮助自己的婆婆，则一切困扰都消失。这就是用了成本的概念。工资，以及鼓励出色工作的奖金，都是我们获得一个人服务的成本。不付出成本享受另一个人的服务，拿了工资而不付出相应的服务，这都是变相的奴役，正派人不会做这种事。

我们心甘情愿付高工资给一位出色的保姆，但不会干涉保姆怎么使用她的工资，那是她的权利，如果我们干涉了，就没有分寸，令人不舒服，最后失去那位保姆的服务。这位保姆能不能用她赚的钱装修自己乡下的房子？当然行！那是她的钱，她爱怎么花就怎么花。婆婆实际上承担了保姆的工作，也做得不错。家人却可能会忘了也得付她工资，认为在她身上不需要成本。

因为是家人，我们反而容易亏待，容易免费使用他们的劳动而不自知。陷入对陌生人公道，却对家人苛刻的怪圈。陌生人一分辛劳一分收入，家人却需尽善尽美才能得到我们的欢心，不仅得帮我，还得免费，还得没脾气。

任何事情都是有成本的。

当然，成本也有一个合理的幅度。上面那位婆婆，如果提出要一百万装修费，那就显然高于工资行情，不妨回答她：我们没这么多钱，给十万吧。

你得到妈妈服务的成本可能主要不是金钱，当然，我建议以某种适当的形式补偿，这样也有利于扫除情绪地雷。当一个人觉得自己的工作获得了公正的对待，就不容易生气。主人不回家吃晚餐，保姆不会生气，因为保姆的工作获得了报酬，吃不吃是主人的权利。妈妈按约定准备晚餐，她期待的报酬可能是孩子满意的神情及夸奖，孩子突然宣布不吃，就等于剥夺了她的报酬。她此时有生气的正当性，受她的几句埋怨就是你该付出的成本。

你妈妈的情绪不稳定，你可能做得很好也得忍受她的情绪爆发。换算一下，得到你妈妈服务的成本就是一定量的金钱加上忍受她的情绪。当她发脾气时，你知道是在支付成本，就不会有纠正她的欲望。如果她的脾气大得你忍受不了，那么，就是成本太高，不值得，你只能不用她的服务。

在各类心理学家的带领下，我们都懂得去挖掘自己的童年，也都能找到一些不幸。理解童年当然是好事，但这种理解的后果是为了让现在过得更好，让我们能够掌握未来；挖掘童年毁掉当下的生活，那是心理学的灾难，不如不挖。

你妈妈的脾气，不可能通过你的辩论而改良。和她的相处中，你理亏，就马上认，避免进一步的辩论，反而有利于你。这也是给她提供一个更好的模板，她理亏时，也会学着承认，这样她的脾气可能会变好。

祝开心。

连岳

要强大，不要强求

连岳叔叔：

您好！有很多次想要给您写信，说一说我的烦恼，但都在打开邮箱的时候又退缩。总觉得我自己的这些烦心事并没有那么重要，说出来只能徒增别人的烦恼罢了。

我现在是一名大四的学生，不久就要离校。大学四年期间，我虽然不是顶尖的优秀学生，但是一直很努力。大一开始，我就开始有危机感，更准确地说是焦虑。周围的人都说毕业工作不好找，我怕自己成为毕业等于失业中的一员。我利用一切时间学习获得奖学金，参加校内勤工助学的工作，暑假期间也出去兼职。四年下来，我自觉没有对不起自己，也没有对不起父母的期望。可我就是不明白，我妈妈总是觉得我不够努力，考试失利的时候，得到的永远是失望的叹气和恨铁不成钢的怒气。我尝试过跟她谈，告诉她我的想法，她却总是觉得我涉世未深，不懂生活的艰辛，她所做的一切都是为我好。可我一点也不喜欢这样。有时打电话给她，聊着聊着，最后却以争吵告终，然后过几天，我又要打电话给她道歉，虽然我觉得我没做错也没说错什么。

大三时打算毕业后出国读研，其间考虑到经济条件，不想父母负担太重，动过不出国的念头。我妈却说，我是因为没有出国的实力，不敢出国。她说这话的时候，我心里真的很委屈。前段时间又说让我读研回来去考公务员，我学了五年的教育专业，我只想从事我喜欢的工作。她是很严厉自强的母亲，要求她的孩子跟她一样——苛求自己，事事都要成功，不能失败，一旦失败就要落后于他人。

我知道她吃了很多生活上的苦，所以我尽量事事都顺着她，让她开心。我也知道她很爱我，想让我以后生活得好。可我越来越觉得压力大，很焦虑，很痛苦。

我曾很多次把这些事写在我的日记里，得不到答案。现在鼓起勇气写给您，希望连岳叔叔能给我一些建议。

希望我的唠叨抱怨没有增加您的烦恼。

言

* * *

言：

你已经是一个对自己要求很严格的自强的孩子，从这点来看，你妈妈的教育成功了。

看了你大学的经历，我相信，你很快能从工作中脱颖而出，自律自强是少有的品质，也是少有的能力。这样的人，永远不会缺工作，也永远能在工作中胜出。

可以看出，你妈妈在你心中的地位很重。你极度渴望她的肯定与赞扬，你还表现出现了超越对错的服从——即使没错，过几天也会向她道歉。

过几天还是要和她联系的。可以聊一聊其他开心的事，问问她的情况，让她多说说自己，避免有争议的话题，控制一下通话时间，比平时少说几分钟。你对她很了解，知道什么容易引发她的焦虑与批评，那就不要触及。

尤其是，不要为你没做错的事道歉。这是很重要的一步，不然的话，一有争吵，无论对错，你就道歉。这有双重恶果，一是让你得到承认更难，所以你更渴望她的肯定，更焦虑，极力证明自己正确的欲望很强；二是诱使妈妈更多使用激情，而非理性，因为只要一上升到争吵，她就能赢得道歉。好好讲道理，她已经讲不过你这个大学生了，诉诸争吵更有效。事事顺着她，并不是爱她，这是溺爱，会把她宠坏。

你是一个有主见、有行动力的人，你拿主意已经不需要妈妈的意见，这是她的成就，但她意识不到，可能也永远意识不到。一个要强到苛求自己和孩子的母亲，过分要强，就是得到的肯定太少，事事要证明给人看，表示自己不输。真正成功的人，你知道他的强大，却看不到他的强求。你怎么否定也改变不了他的强大。他为什么要强求你？

一定要父母承认自己，这是很多孩子的执念。父母往往是最后一个承认你的，并非他们不爱你，而是他们习惯了你永远是一个孩子，离开他们你就会走失。不要强求去改变这点，做自己的事就好了。

你要走向强大，需要比你母亲走得远一点，比她境界高一点，学会不强求。你肯定她是爱你的，这就足够了。她无论怎么否定，你都能够自己做决定，那么，她的否定并无实质的影响。强求她改正半生养成的习惯性否定的表达模式，几乎不可能，你也没必要在这上面浪费精力。精力放在自己的生活与事业上，你变得越来越好，她担心的一切坏事都没有发生，她反而会减少否定，最后甚至能够彻底改变，变成一个不那么强求的人，活得舒服一点。

你活得好，就是你和她都活得好。

祝开心。

连岳

放过爸爸妈妈，这是你的成年礼

亲爱的连叔：

您好。关注您也有一段时间了，最近心情很复杂。想着给您写封信吧，希望您能够给点指导。

我是一名普通的行政工作者，从业大概五个月，越来越发现这份工作并不能带给我满足感，甚至会觉得有点无聊。年前告别了家里的安逸生活，来到一线城市奋斗。在这份工作之前面试过一份很喜欢的工作，后来因为大专学历是非统招而在复试中失败（大部分原因吧）。

我很喜欢烘焙，高中毕业后也从事过这份工作，后来因为一些因素而没有继续。最近又萌生了这个想法，想从事这份职业。这份职业如果去当学徒，至少需要几年时间才能学精。我搜索了一些职业学校，想回校把技术学好。如果想学精，就得全身心投入进去。学习期间两年无收入，肯定是需要家里帮助。可是我又害怕自己会成为父母的负担。另一方面我今年23岁了，回去读职业学校会突兀吗？还是我应该再试一下去面试喜欢的职业呢？

我害怕我会浪费时间，想尽快找到对的方向然后往下发展，希望能够尽快给爸妈更好的生活，也希望自己的能力能够支撑起自己的那份傲气。

最后，写得可能有点乱，感谢您的耐心阅读。期盼您的回复。

小老鼠

* * *

小老鼠：

23岁时，很多问题考虑不清楚，这可以理解，年纪还小。当然，也不算特别小，成年人了，有人已经开始养家。但指望这个年纪把事情想清楚，也不现实。从高中毕业到大学毕业，十八九岁到二十二三岁，从孩子过渡到成年人，你说大，他还像个孩子，你说小，他又已是成人。有些无所适从。来信的你，就在这个年龄段。

有个简单的解决办法，把自己的年龄加十岁，再来考虑问题：我是一个33岁的行政，我想学烘焙，应该怎么办？一个最大的区别就是，不可能让父母再养你两年。一个随波逐流的人，到了33岁，他也得遵守一些社会规范。比如，自己是成年人了，该对自己的生活负责，再向父母伸手，不合适了。这时候，学习烘焙的成本该由自己出。来自自己的积蓄，也有可能是欠债。但无论如何，这笔钱总是该自己出的。在那个时候，你不得不放过父母。

成年的标志是什么？法律上，18岁你成年了，就是高中毕业的年纪。但在心理上，实践中，并没有这么具体的时间点，它是一个过程，直到孩子彻底放过父母，不再索取为止。长得快一点的孩子，大学可以完成这个任务。中国的父母，一般重视教育，会拼尽全力供孩子读大学。这有个不好的副作用是，孩子认为只要我在读书，父母供养我就是应该的。有些家庭经济状况堪忧，但孩子照样在校园混到三十多岁，理所当然。并不是考研考博才是正当理由，任何所谓的学习，比如学烘焙，也能成为向父母伸手的理由。

从高中毕业这一刻起，要学习主动放过你的父母，大学的学费，都得有点负债的心态，这样，也才能帮助你的父母最后放过你。当你抱怨父母干涉你，不放手，往往因为你仍然在依赖他们。你天天伸手，他们怎么可能相信你有独立的力量？

一个独立的成年人知道，工作中必然有无聊，有琐碎，有疲惫。在迪士尼连玩一个月，你也会生出无聊，试图寻找一份没有无聊的工作，是不可能完成的任务。工作能力的提升，在于应对工作中的无聊，无聊的工作你能完成好，才配得上你的薪水。一个行政，可能觉得总经理的工作很有趣，很威风，可他也有不想参加的会议和应酬，也得处理好无聊的部分。烘焙店那迷人的香味之后，也需要无聊的工作。连现有的工作都没熟悉与尽力，总认为另一份工作更有趣，这种孩子式的幼稚工作观，将让人在一次次的转换中浪费时间。最后，连最基本的工作技能都没有，你嫌工作无聊？连最无聊的工作都会嫌弃你。

好好把手头的工作做好，一个优秀的行政，是公司的宝贝，一个三心二意、丢三落四的行政，是公司的灾难。起点低、学历低，并不致命，只要有工作，就能够在工作中学习，这是人的主要学习方式，脱离这种主要学习方式，只会阻碍自己的成长。

放过你爸妈，他们也想生活有趣一点。当你只能靠自己时，工作就会有意思得多。

祝开心。

连岳

你难免也受过伤，这是最好的疗伤方法

收到一位来姑娘的留言，对母亲的偏心很难过。她说：

昨晚心情非常差，前几天直接跟我妈说不要联系我。几年前我收入高于大部分同学的时候想买房，一万五的深圳房子，母亲说那么贵等它降吧。五年过去了，深圳房子从一万五“降”到了七万。老家的从五十万涨到了九十万。现在我又计划离婚买房，她每天看我朋友圈就发来一堆语音‘关心我’，通俗地讲把‘爱’给了我，把家产都给了我弟。谁叫我是潮汕女孩。最让我痛心的是她竟然对我洗脑，在我反问她真那么疼爱我，为什么卖了两套房子给弟弟买房买车，最后一套房子我还在户口本上却唯独把我踢出房本？我不靠自己奋斗难道还靠做梦等她施舍吗？她说如果加上我名字会被潮汕人笑死。我绝望了，其实我们夫妻存款都远大于娘家，我也不稀罕继承分到的二十万。但是我已经对娘家彻底绝望，他们不爱我，却不愿意真的失去我。无奈我早看透了，真的对你好是费钱的，每天发微信费力无所谓，毕竟农村太闲了，而我很忙。每次试探都会让我绝望地发现他们怕我分到哪怕一分钱家产，只有我拿钱回家我才是女儿。分家产？没门！说爱你可以，真爱你？不行。我真的不知道还要不要心软，每每想起我是被抛弃的女孩就很悲伤。

* * *

姑娘的悲伤是应该的。当一个人觉得自己是父母心中的二等孩子、“弃儿”，不悲伤不正常。因为自己是女性，欣然接受自己低人一等，不知悲伤，这才是真正的悲伤。

一个人出身于重男轻女的家庭，无论男女，心智若要充分发展，都必然有个痛苦的思考过程：一个男性，他将意识到自己一出生就被奉承，凌驾于姐妹之上，并不是自己该得的，需要走出愧疚感。一个女性，她意识到自己因为无法改变的女性身份而少得到爱，觉得不公平，心里有无尽的愤恨，她需要学会驾驭这种情绪。这个过程顺利完成，自身的能量就可以上一个层次。

走不出来，则一生都很痛苦。就像这位姑娘一样，将不停地讨好、牺牲、试探，试图证明父母是完美的，是理性的，像爱弟弟一样爱自己。每一次证明仍然令人心碎。心老是这样碎，人怎么可能快乐？怎么会有未来？

最好的办法就是停止穿越过回去，承认有些事情你是无法改变的。有些传统非常顽固，有些父母偏见极深，有些人不会爱自己的孩子，而你的成长史，都已固定，不会重来。这些事情不愉快，但却可能成为你的心智资源。比如一个受过很多伤的孩子，当父母时特别温柔耐心，因为他不忍悲伤重现，他对可能伤害孩子的情境很熟悉，能够做好预防。受过重男轻女之害的姑娘，对待自己的孩子，就不会犯自己父母的错误。

人容易受伤。人是脆弱的，人的心灵特别敏感。外界的错误总会扰乱内心的宁静，留下其刻痕，这是玉之琢磨。人的疗伤，只能通过成长。老是扒历史，扒童年，把旧伤撕成新伤，再痛一遍，那是对痛上瘾。你依赖这种痛。

你有能力——如果你被抛弃，受过伤，你就知道自己必须有能力，因为你无人可靠——把自己现在的生活经营好，对爱你的人还以十倍之爱。随着你的未来越来越好，过去的伤痛就不再是伤痛，它没有能力伤害你了，你已经将它转化成你的资源。

加油吧，受过伤的姑娘，以及一切受过伤的人。只要你想把今天过好，只要你能把今天过好，过去就不再伤你，他人的错误就不能惩罚你。不经营当下，放弃未来，等于向过去投降。

人天生必有两个弱点，但你家会有引领者

连叔：

您好！

我是闽南人，知道您在厦门后感觉格外亲切。虽然关注您不久，但特别喜欢您的文章，可以说相见恨晚，每天必看，有空还会刷刷往期文章，也知道连叔乐于帮读者答疑解惑。

现在我遇到一个难题，想请智慧的连叔指点。简言之就是：家庭和工作我不知怎么抉择。我在老家乡下教书，先生在东莞做生意，孩子外婆在县城带，一人一个地儿。娃小还好，现在大了（马上上幼儿园）开始认识世界，需要父母的教导。想一家人聚一起，可得我辞去工作到先生城市生活。去那边找份工作是容易，但老家稳定的编制内工作让我很不舍得放弃（工资不高，福利还行，主要是稳定）；又想小孩成长需要父母陪伴，长期异地对小孩成长肯定不好，父母缺一不可。分隔两地，娃和爸爸只有寒暑假

相聚，但娃很喜欢爸爸，爱和爸爸待一起。所以我很纠结，不知如何是好。今年贷款在老家市郊买了房，但先生生意上也还有些外债。盼连叔回复指点。

清珍

*　*　*

清珍：

人天生有两个弱点，能否将弱点变成强点，是人分出阶层的关键。

第一，人是自私的，这是人的自然属性，本身来说，并不是弱点。可以说，人的每一个行动，都是围绕着自私。生儿育女，也是延续自身基因的自私冲动，绝大多数人无法抗拒（所以担心人类灭绝的说法都是危言耸听，是无知的）。

但是自私处理不好，就是大弱点。一个人只看到自己的需求：我的自私要满足，而他人的自私，我却毫不理会，不去满足。日常中人们批评某人“太自私”，一般就是指这种人，而不是要无私。

只能我自私，别人必须无私满足我。这种人神憎鬼厌，寸步难行，最后失去一切机会。别人与你合作，都无所得，被你刮一层皮，你怎么可能有更多机会？真正要满足自己的自私，你反而要有能力满足他人的自私，这是市场经济运行的基础，这也是诚信原则成为人类社会基石的原因。多数人会自觉遵守，段位越高的人遵守得越严格，为了承诺你的信任，我可以暂时牺牲自己的利益，这才会有更多的信任，更多的利益。但是人很难升到高段位。一般人起起伏伏，不好不坏，基本可信，但又会贪便宜，耍心思，在利益面前，经不起诱惑，原则动摇。

这就是人的第二个弱点在起作用，人是短视的，太容易为今天的芝麻放弃明天的西瓜。再加上未来看不清，猜不透，短视极难克服，所以我们看见许多人在明显的无利环境中挣扎。像你一样的人很多，收入有限，但就是有一个“稳定”的感觉，就能付出家庭分离的代价。孩子的思念，丈夫的辛苦，团聚的价值，你都可能牺牲掉。

当然，因为孩子，我觉得你走得出短视。毕竟像你所说的，找一份工作是容易的。

凭借自己的力量，很多人改变不了上述两个弱点。还好，他们的孩子出生了，孩子的主要任务之一，就是拯救父母。

在抚育孩子的过程中，有人感觉到了重生，自己的弱点一一被修正。孩子一直到完成教育，找到工作之前，他在经济上，在情感上，处于吸奶一样的索取状态。为了给孩子更好的成长环境，更高质量的教育机会，更舒适宽敞的家，有责任的父母将不停突破自己的局限。这种付出，首先，将人低端的自私打破了。

其次，在漫长的教育过程中，父母被迫思考人生中那些永恒不变的本质与技能，在传授给孩子的过程中，自己也得到了。未来航线的波浪虽然不可预测，建造一艘坚固的大船，练一身好水性，这做得到，也只能这么做。

就像昨天推荐的《傅雷家书》，傅雷深知要成为一个伟大艺术家，路又长又险，所以他一再向傅聪强调为人的核心技能：要尊重老师；要有礼貌；要有教养；不要伤害他人感情；要勤奋，但又不要勤奋过头，定时看看博物馆逛逛公园；说话要柔和，不可生是非；家庭要稳定，不可让妻子过苦日子，天天要聊天；诸如此类。

未来果然有意外，1957年至1958年，傅雷受到批判，但他为避免影响傅聪学业，没有在通信中说起。傅聪得知真相后，为避免“老子揭发儿子，儿子揭发老子”的“父子双亡”，无奈避走英国。此后，中断了一段时间通信，后来，在领导人的关照下，父子才恢复通信。傅聪的艺术生涯没被打断，艺术才能得以保全。在他的孤军奋斗中，若没有傅雷一再强调的核心技能与价值观，脆弱而艰难的天才之路，未必走得下去。而傅聪的安全与成功，以及此后一生的勤奋，又使傅雷超越了不幸而刚烈的死亡，他的方法，他的精神，他的远见，在傅聪的人生中活着。

好好爱孩子，爱家人。这种爱，将让我们的人生变厚重，变悠长，让我们更有动力走出天生的弱点，甚至可以让我们战胜时间。

祝开心。

连岳

既温柔恭顺,又冷硬决断

连岳:

我是你的老读者了,从《来去自由》到《我爱问连岳》再到现在的微信公众号。

这是我第一次写长留言。很幸运,我是个自在快乐的妈妈,在我儿子眼里,我让人轻松、有趣、百无禁忌。我对孩子管教很少,最多是偶尔提议一家三口每天多花时间用来搂搂抱抱,打打滚,说各种琐碎小事消磨时间。

很不幸,我花了三十多年百分之六七十的精力去理解我的妈妈,去爱她,去呵护我们的关系,去学习,我没有成功。

很多人了解我,他们觉得我已经做得够多了。但大概就是在不正常中待久了,自己检验现实的能力丧失了。那么多年,我被训练得特别容易内疚,只要妈妈有一丝不高兴,我就认定自己是罪人,接受剥削、辱骂,再自我辱骂、自我攻击。

作为女儿，我不能指责，因为有很多说话轻巧又道貌岸然的人会说："没有你妈，会有你？没有一个母亲不爱自己小孩。"我可以在我的小家庭里活出自我，做孩子的榜样，做快乐的妈妈、快乐的老婆。可是，我是个极不快乐、虚弱、无助的女儿。

连岳，快教我该怎么抚慰身为女儿的那部分自己。谢谢您花时间看完。

夏灌树

* * *

夏灌树：

谢谢你多年的陪伴，也谢谢你持续的成长。一个不快乐的女儿，长成快乐的妻子和母亲，这是不同的物种，是跳跃式的进步。说实话，一个作者是很脆弱的，如果他的读者没有成长，没有变得更加幸福，他的底座就开始风化，他的自负自私再强大，也会摔成一堆沙子，被风吹散。你肯定了我，我要先拥抱你。

马克思说过一句很有意思的话："女性特有的美德，反而害了她们自己。她们温柔恭顺的天性，竟成为使她们受奴役和苦难的手段。"——没想到他也是情感大师吧？

人的成长，心理要达到圆融，别人无法伤害你；同时，你有大的力量，也不会伤害人。难就难在，你要知道，你的美德可能是你的软弱，不保护它，就为他人的攻击提供了后门。温柔恭顺既然是天性，就改不了，也没必要改。当你只向爱你的人展示天性时，大家交流的语言都是同样的温柔恭顺。你张开双臂，无保留暴露你柔软的胸与腹；我也是如此，完成了一个拥抱，每个细胞都交换了爱。

但假如我是拿着刀的人，你要做的是持盾护住自己，或是躲出攻击领域。若你不小心被我扎一刀（假设我是这么一个坏人），你应该恨我，叫警察把我抓走，关在牢里。你不该这么想：他扎我是不是因为我做错了什么？我应该怎么让他开心起来？温柔恭顺到了没有保护，就会带来这种苦难。女性的成长，除了保有温柔恭顺的内核，还应学会冷硬决断的女子防身术。

我不知道你妈妈在成长过程中经历了什么。那些不快乐的母亲，容易伤害孩子的母亲，她们长坏了，学会了冷硬决断，却丢了温柔恭顺，内心是空的，需要抓一个人填补，最能抓住的就是孩子。作为孩子，想让她正常起来，快乐一点，是本能的反应，是爱。外人是不会理她的。你原来的模式并未奏效，她的处境没有改善。也就是说，你通过主动挨刀，甚至用自我辱骂、自我攻击来自我补刀，并没有让妈妈变得正常一点。那就说明，这种方式错了。你妈妈错了，你也错了，她伤害你不应该，你毫无保留地受伤害也不应该。她野火不应该，你枯枝也不应该；她大水不应该，你溃坝也不应该。

你现在力量更强大，你是快乐的妻子与母亲，你有爱的丰富经验，你妈妈没有。改变应该由你发起，旧有的模式应该由你来扔掉，你不为你妈妈攻击你提供燃料，你没错。她不开心，就由她不开心。你不配合，不紧张，不内疚，不自我否定，她的不开心就没有燃料，或者她的不开心就得在自己身上找燃料。她自己烧痛了，更容易反省，也有利于建立新的模式。你冷硬决断的时刻到了，这么做，当然有些闲人，有些八公八婆会议论，这是必然的。他们见识有限，理解不了高深一点的爱。我们真正爱一个人，往往体现为不屑浅薄之人的意见。

你不理会妈妈的伤害以后，你妈妈也有可能不会变好。正如有些病全世界的医生都治不好，只能接受现实。认为"只要我努力了，结果就应该变好"，那是一种臆想与偏执，它能让好的动机变味。你妈妈改不了，你也要接受。可以同情她被伤害人格控制一生，但不必为她受过，她的命运不是你安排的。你的任务是向前，是当好快乐的自己、快乐的妻子和快乐的母亲。

祝开心。

连岳

教育与成长，最怕“知道答案却没有耐心与细节”

连叔：

我想问问轻断食适不适合14岁的孩子？我儿子163厘米已经65公斤了，肚子较大。平时吃的多，牛奶一天喝好几瓶，奶奶怕他吃得少说长身体，每次都给他大量饭菜，他也爱吃甜食和煎炸食品。我知道最重要是控制他饮食可是老人不好沟通。如果让他保持一周周末轻断食能起到作用吗？谢谢连叔！

水墨中华

* * *

水墨中华：

对于一切想减轻体重的人来说，终极方法都只有一条：减少热量摄入，增加热量消耗，把多余的脂肪烧掉。知道这点，大概需要两秒钟，要做到这点，或许要两年、二十年，甚至永远做不到。正因为行动难，所以肥胖问题才成为世界性的难题，让人主动受饿，这是挑战本能的事，一定要当事人具有极强的改变的愿望与过硬的意志力。试图通过外力强迫，没有用，即使暂时达到目标，强迫一消失，报复性反弹。

你面临的问题具有普遍性，父母的工作量大，孩子喜欢甜食、油炸食物。习惯了过量饮食，想让他一步进入轻断食，没有实现的基础，他既无改变的欲望，也无改变的意志。父母只有强迫他。我理解的是，他周末可以离开奶奶，由父母主导饮食。否则，就更不可思议了，奶奶还在催肥，认知怎么可能一下跳跃到用轻断食饿孙子？

减重与成长一样，并不存在一劳永逸的方案，只有自觉自愿的行动，才能起作用。孩子的成长，包括自己的成长，最怕碰上"知道答案却没有耐心"的状态，我告诉你答案，你就马上得明白解题思路。你看了吉普乔格不到两小时跑完马拉松，你也不可能迅速提升跑步能力，你还是得自己去跑道上炸肺，是吧？

预防孩子肥胖，你在主导孩子饮食过程中，尽力让他吃得满意、健康，而热量又不超标，同时，还得不停灌输他正确的饮食观，这样，他才慢慢有能力拒绝过量喂养。对于你来说，这当然辛苦，考验智慧与耐心，但这就是教育，观念变成行动，就是一点点累积的。先促成一个微小的改变，有提升就行。一下采取最标准（极端）的做法，于事无补，只会增加自己的沮丧，并为自己的放弃埋下伏笔。

有一次，我听连太和她姐妹在批评她们的父亲。我旁听了一下，情况是这样的：我岳父80岁了，却是个电脑宅男，爱追网络小说，每天长时间趴在电脑前追更，一边忘情地猛抽烟。这样造成几个不良后果：久坐不好；烟抽过多不好；同处一室的岳母也受二手烟危害。女儿们的埋怨与建议，照例是要少抽烟（最好戒烟），要多运动，要考虑老婆的健康。我岳父估计耳朵都听起茧了，这些他又不是不知道，只是做不到罢了。他不动声色，等着抱怨结束，甚至还说：你们妈妈抽二手烟都没意见。

我一看，展示我聪明才智的机会来了，于是开始提自己的方案：爸爸，你把烟、打火机和烟灰缸放到卧室外的客厅，或者放到一楼大厅和院子（他们住二楼），这就行了。你看电脑时，烟瘾发作，自然就会站起来，这解决了看小说上瘾久坐不动的难题；要走一段距离才能抽烟，也增加了一点运动量；抽烟的过程变麻烦了，有意识了，抽烟量自然相应减少；最重要的是，妈妈完全不用抽二手烟了。

他大喜过望，说：你这个民主党派，提的建议又合理又可行！我接受。

他有没有照做，我当然不敢监督，我懂事。但任何时候，只要他想做，就可以毫无难度地操作。可行的方案有了，行动的可能更大。

所有改变都是如此，先追求容易做，成本低，但有效果的行动，行动带来正面反馈，又会引发更多行动，最后到达不可思议的高度。

教育孩子，自己成长，都要着眼于小行动，小改变。先把现有事件重新组合一下，小步紧走，不求一步到位，有效果就要开心，杜绝完美主义。这样很容易找到改善的空间，每天也充满小乐趣，成长更有意思。

祝开心。

连岳

当老师，不当上帝

连叔：

上午好！

多年看您平和地输出爱和智慧，何其有幸！如今实在有惑无法解，不得已只好向心中最可靠的连叔求助了。

我是一名初中老师兼班主任，目前是八年级下学期。一场疫情考验了国人的同时，对网上学习的部分学生影响巨大。因为能全面接触手机，父母又不可能一直看着学习（尤其是复工复业之后），所以网上授课效果较差。等五月份复课后，没上课没做作业的学生在知识反馈上一问三不知。更重要的是他们的态度——完全无所谓，或者说是全然放弃。出现这种情况的关键因素一个是手机，一个是家庭关系。有几个学生就直接因为手机问题和家长闹翻了，两个学生直接不来学校，就待在家里玩手机，一个因手机被缴离家出走，两个手机被砸被缴之后来了学校作业不做，试卷不答。

一个班五十个孩子，出现了好几个这样的。我一是替他们担忧，不学习天天窝家里玩手机并不是事，来了学校就以这种消极的态度抵抗，那是对自己无谓的消耗啊。跟家长沟通，他们基本上都跟我说管不了，拿孩子没办法，老师有没有什么更好的方法？二是这个情况还有继续发展的趋势，班级、年级、整个学校都不少见，这对其他同学也是一种冲击。我们要怎么做才能最大限度稳住军心呢？这是我们班主任工作中占比越来越重的一个问题，可我目前束手无策。跟他们心平气和沟通，他们就沉默不语；不交作业有惩罚，他们也全盘接受；聊和家人如何相处，更是闭口不言。不管我们说什么做什么，他们就是说不读书，不来学校。

万般无奈，想到连叔，还望连叔能看到。期待您的指教！

自在

* * *

自在老师：

昨天简单回复了你几句，一整天都在想你的焦虑，我们今天再说几句吧。

我想，这几个让你担心的孩子（或者有同样困扰的孩子），仅仅看到你的留言，可能多少就会有一点触动，或许能够开始改变。

正因为你爱他们，为他们的前途担忧，才生出这焦虑；否则，听之任之，有何焦虑可言。

复学以后，可以想见，老师的整体焦虑感都在上升。除了少数极其自律的、家长管教有方的孩子，学业与态度不受影响，其他孩子都将呈现一定的退步。其实，没有这退步反而不正常，那证明学校没必要存在，大家上上网课就好了。经过这次疫情，大家知道，在学校这个专注教育的空间里，有老师管教，有纪律约束，有同学压力，这些对孩子的成长帮助是不可替代的。

深受手机困扰的学生，面临成长的重大危机。两个不利因素汇集在此刻：在家里，家长方法匮乏，权威丧失；孩子自身也自暴自弃。反正，我不玩手机，学习也不好，家长老师都“为难”我，真不如玩玩手机，手机里的世界，是快乐的、沉迷的、取悦我的，能够让我忘掉烦恼。

他们最后的机会，就在老师身上了。这也是老师不自觉陷入焦虑的原因。从成长规律来看，知道这些孩子习惯不改，他们以后做什么事都难成，到处被人嫌弃，一生很辛苦，很难体会到高级一点的乐趣。但孩子一般不会考虑未来，很容易因为当下的压力而放弃，反正不愁吃，不愁穿，只要自觉不自觉地让家长和老师“死心”，没人管我，就是我的快乐人生。过了十年、二十年，他们才会发现，自己少年时，犯了多大的错误。

我建议老师采取“两不法”：不焦虑，不放弃。

以为问题马上得到解决，问题都能解决，这是焦虑产生的重要原因。事实是，有些问题无解，有些问题很久后才有解，在教育领域尤其如此。接受这个现实，焦虑将消失大半，你不会指望一次交谈，孩子就洗心革面，改掉一切坏习惯。他可能只振作半天一天，又躺回去了。你几十次的班会，无数次的激励之后，这些孩子可能依然成绩平平地毕业，一点也不留恋地离开你。如果你知道，改变他们的力量，终究只在他们自己身上，你就不会有“白忙了”“我一点用也没有”的自责。这种自责，对尽了力的老师是不公平的。

你的不放弃，暂时没有效果，但是在很久以后会出现。这些孩子长大后，在人生的某一刻，或想过体面的生活，或想衬得起爱情，或想对子女负责，真正开始改变了。当年那个成绩平平的孩子，终于有了负责任的、受人尊敬的大人模样，他们的理念来源，就是你当年那些不放弃的持续输入。

不可否认，有些孩子的命运很悲惨，一生无法自律，现在他们受手机控制，以后受酒精甚至毒品的控制，在恶习、短视与放纵中无尽沉沦，无穷懊悔。即使是这些孩子，你也是他们人生中最后一个认真拯救他的人，这是最高级的怜悯，问心无愧了。

祝开心。

连岳

要感恩父母吗？

连叔：

您好！昨天是父亲节，关于对感恩父母我一直有些困惑。我为什么要感恩父母？父母不应该感恩我吗？父母把我生出来也没征求我意见，他们愿意生养我是他们的事。他们在抚养我长大的过程中收获了很多感动与喜悦。相反，他们却是我人生所有痛苦的源头。如果他们没有把我生下来，我就不需要从小学习那么多年，不需要参与竞争，不需要面临人生各样的压力。小时候考试不好的时候他们会吼我，做错事的时候他们甚至会打我，等我长大了他们打不过我了他们又显得越来越卑微，我也懒得搭理他们，这不是贱吗？我觉得他们很不值得，他们都是快四十岁时生我的，年龄那么大再结婚生子多半是出于传宗接代、养儿防老思想的影响，但他们生养得累，我活得也累，这又是何必呢？

我今年30岁，从小生长在上海，有房有车，985的研究生，国企的工作。我也算比较懂得人情世故，目前是个科级小干部，但日渐感觉生活、工作越来越无力。上不去的是工资，上得去的是体重，感觉不到快乐。我也知道要去爱，爱别人，但这更多是出于工作、生活的需要，点到为止，并非真心，所以对待家里人就更不会主动作为了，一听到感恩父母就反感。连叔，您有什么建议吗？

盼复，谢谢连叔！

后09海上

* * *

后09海上：

对待父母，有两个对立的观点，各自站在一个极端，一是“天下无不是的父母”，一是“父母无恩”。我都不同意。因为这两个标准都抹杀了好父母的功劳。

天下无不是的父母，则遗弃孩子的、虐待孩子的，甚至杀害孩子的，都无不是。只要当了父母，就必须被感恩，强行要求孩子服从他们，爱他们，这显然很荒唐。当坏父母也有回报，那坏父母就会多起来。

父母无恩论。则负责任的、关爱孩子的、尽全力帮助孩子成长的父母，孩子也可以无视他们的付出，毫无感恩，这么做的人，缺失基本的理性。如果这种想法多了，人们为何要当好父母？反正无恩，那就当坏父母好了。

人与人的关系，坚持两点，就不会被极端观点带着走。有时候极端观点听起来很美，人在逆反期，或者思维能力比较弱的时候，容易被迷惑。

这两点，一是对等原则。你怎么对我，我就怎么对你。你对我好，我也要对你好。你对我不好，我至少要远离你。二是同一标准，我怎么要求你，也应该怎么要求自己，不要双标。

根据对等原则，父母爱自己，孩子当然应该感恩，回报爱。当然，爱有时候显得主观，孩子可以说感觉不到父母的爱，甚至否定父母的爱。此时，可以参照同时期其他父母的做法，得到一个比较客观的标准。生于饥荒时代，父母能让你活下来，就是合格的，你不能抱怨他们饿了你。生于文化程度比较差的时代，普遍缺乏科学教育的认知，也不要记仇父母骂了你，打了你，他们无法脱离自己所处时代的局限性。从你的生长过程来看，不比大多数同龄人差，你对父母的感恩程度，也不应输给大多数同龄人。

根据同一标准原则，也可化解你的抱怨，你觉得父母做得不好，用同样的标准，生长环境与标准与你完全相同的孩子，现在比你出色的，应该不少，处级干部有吧？行业精英有吧？发大财的有吧？甚至成长背景远逊于你的大学同学，现在混得比你好的，也不会少。用这些“更好”作为标准，父母也可不停地指责你没做好，是吧？他们有吗？

“父母没和我商量，就把我生下来，所以我不必对他们负责。”这是很流行的说法，但并不成立。出生之前，你是精子，是胎儿，不会说，不会写，没有自由意志，怎么商量？没法商量。这是无法改变的自然规律，正如你无法责怪父母没把你生成一只恐龙，一只老虎。根据同样无理的逻辑，父母很容易怼回来：几亿粒精子在竞争出生机会，你跑得最快，这就证明你极想出生。父母甚至可说，我们原本与另一粒精子商量好了，让它成人，你凭什么抢了它的位置？你不仅想出生，你还是谋杀犯。你显然无法接受这样的指控。

人生有压力，有迷惑，有痛苦，它们也是我们成长的一种动力。再幸福的孩子，父母一点失误都没有的孩子，他们也要接受这种人生的考验。况且，我认为，不存在一点失误都不犯的父母，尽责任的父母基本像你父母，努力，但会犯一点错误。因为他们无法全知全能，有时没办法，有时情绪会失控，有时能力不足，却要永远面对未知与意外，不犯错误是不可能的。我们小时，被骂被打，受委屈，会怪他们。我们大了，通过自己的成长了解人的局限性, 你就会理解他们, 同情他们, 就像你理解与同情自己, 更爱他们是自然而然的事。能力越大, 你的爱越多。

祝开心。

连岳

读法国大学，男朋友质量是否更高？

连叔：

我女儿今年高三，以目前的成绩考不上985、211。我们从小学开始择校到高中择校，全部是最好的学校。由于股市的原因，留学由英美学校考虑到法国。女儿不想出去吃苦，但我们认为与其在国内混毕业，不如出去开阔眼界，也许以后是不一样的人生。但毕业后回国，法国的文凭认可度又不高；如果在国内读一般的一本大学，学个造价师，还能通过关系找个不错的工作，所以还是挺纠结。我女儿1.67米，外形条件挺不错的。我们家庭条件小康，三套房子。如果女儿在国内读一般的大学，可能男朋友的条件也一般了。所以请连叔给点建议！

Y

* * *

Y：

有能力送孩子到国外学习，这是新一代父母强大的体现，高等教育，毕竟是奢侈品。

但正如你观察到的，情况正在起变化，“欧美文凭就是好”的时代已经过去了。随着中国人见闻增长，实力提升，国人已经不再仰视所有欧美文凭。他们知道，欧美的大学，有许多野鸡大学，以卖文凭为最高追求。中国人开始只认那些质量高、口碑好的欧美大学，就像他们更看重国内的985、211一样。所以，你认为女儿只能读国内的一般大学，去法国拿个大学文凭，就有更好的人生，这个路径设计并不合理，很难实现，可能最后更尴尬。国内的人事专员一看，一张莫名其妙的法国文凭，这孩子肯定读书不好，弄张洋文凭糊弄我们，随手就扔掉简历。至于通过去法国留学留在法国，当法国人，这就更不建议了。法国那个“白左”大本营，人们想尽办法偷懒、吃大锅饭，嘴上说得再漂亮，没落都是必然的。

再来说找男朋友。国内一般大学的男生，总体输给好大学的男生，说出来伤人，但符合概率。妈妈希望女儿的男友质量更高，这美好的愿望，我想，一般大学的男生也会含泪理解。受一点这种刺激，知耻近乎勇，也有利于他们更快成长，用实力赢得未来丈母娘的认可。

但是，法国的一般大学，男生素质构成，也是一样的，也输给好大学的男生。你女儿在里面找到的男朋友，也是一般的中国留学男生，这样还不如在国内找，选择面大很多。当然，你可以指望女儿以读洋校的资本找更好的中国小伙——这其实是工作问题的变种，真正高素质的中国小伙，他们也像人事专员一样，不认为读个一般洋校的姑娘，就更值得爱。

还有一种可能，就是你认为女儿在法国的一般大学找的一般的法国男生，也胜过在中国的一般大学找的中国男生，法国人就是赢中国人。这种欧美人高级的想法，如果女儿也相信了，而且她又漂亮，那将使她处于更危险的境地。一个漂亮的中国女生，法国男生有更多“非分之想”，是人之常情。女儿对这种“高等人”的追求，受宠若惊，少了应有的谨慎，被“高等渣男”伤害的可能性大很多。

教育的最终目的是增加人的可能性。比如一个中国孩子在欧美好大学受了教育，他有了英（外）文的能力，比起只有中文能力或只有英（外）文能力的同学，他无论在求学还是求职上，可能性就大很多。但是，如果有了英（外）文就歧视中文，有了几个洋朋友就瞧不起中国人，这就与教育的目的背道而驰，把自己的可能性变小了，甚至里外不是人。质量高一点的洋人，不喜欢你的谄媚，中国人，更是恶心你的洋奴做派。

人生很长，考不上985、211的孩子是多数，凭这次考试就看低他们，不应该，尤其是自己的孩子。你为孩子奠定了那么好的物质基础，她不愁房子，又漂亮，你应该很淡定才对：有我在，我的孩子就是读书一般，她将来也过得好。你自己是强大的父母，是强大的中国人，不应该一想到大学就膝盖发软。那是逻辑不自洽，不符合你强大的本质。作为父母，有责任把强大传递给孩子。

祝开心。

连岳

高三还有坏习惯，怎么办？

连岳好！

我家有一个高三的孩子，完全不像高三该有的样子。旁人看着着急得很，自己还好像小学生一样，白天上网课，晚上玩手游刷剧，一点多才睡！对这样的孩子该怎么办？现在这个年纪，已经不能打不能骂了，我们只能忍着看着吗？

* * *

这是一位家长的焦急留言。

我想，分两种情况。一是这位高三生的成绩极好，那么，我们只能说，他有自己一套独特方法，他想怎么学就怎么学。一个永远拿第一的高三生，玩手游刷剧，不做作业，迟睡迟起，在其他学生身上，是坏毛病，对他来说，却是正常的。虽然这种可能性极小，但我们也不能排除。如果是这样的孩子，那么家长最好不要打扰他，让他用自己的方法读书好了，不要因为他与别人不一样而着急。

有实力的人，有特权。这是人类社会的残酷而真实的规则之一。乔丹在更衣室有训斥（传言还说殴打）队友的特权；乔布斯有对员工脾气暴躁的特权。能力一般的人，即使姓乔，友善待人也是必须遵守的规则。当然，你是天才，有特权，友善也是更好的选择，没必要非得暴躁。

很多高中生，独立意识已经强烈，对师长的教导排斥。我觉得最好的办法就是展示实力，亮出一手好成绩，师长自然少烦你。否则依靠父母生存，成绩又不好，还各种坏毛病和不服气，这怎么说都与独立挂不上钩，一点也不酷，纯粹就是忘恩负义嘛。

这位家长的焦急，极大的可能是这孩子习惯不好，成绩也不好。这也是很多家长相同的困境。

高三的孩子，肯定不能打了，一是可能打不过他，二是此时再打已无作用。我们知道，现在立法者重新把适当的体罚权还给了教育者，那就是意识到，没有这种纠偏手段，有些孩子遵守规则的能力建立不起来。当然，体罚只能适当，滥用了，孩子打皮了，教育者权威尽失，只会起反作用。骂除了发泄情绪，引起抵触，也无更多意义。

只剩下真诚的交流了。可以明确且温和地表达你的意见，也请孩子说说自己的想法与计划，让他制定自己的手机使用纪律，彼此达成共识，写下来。这并不意味着他以后就不玩手机了，他一定会玩，甚至纪律只可能维持一两天，因为他的自控力只有这么多。你要预见到这点，否则你就得情绪失控，悲观绝望：明明说好的，怎么转眼又破功？这时才需要你帮助他：你控制不住自己，我们一起来，再调整计划，到了某个时间点，手机交由家长代管。

家庭教育就是大量的交流。一次谈话，一篇文章，一阵感动，一天努力，功效都有限，需要重复一千次，几千天，累积功效，直到他成为一个自律、勤奋、负责任的人。家长必须有耐心，必须保持沟通的顺畅，孩子尊重你，乐于和你说话，你才有持续教育他的机会。从这点来看，打骂是坏选择，一不小心，就摧毁了沟通渠道。

孩子有了好习惯，甚至奇迹发生，在高三时脱胎换骨，是不是意味着高考必胜？不是的，最好别抱这种期待，他高考大概率还是输的。一是高考成功者本来就是少数；二是高考是所有原因的结果，一个自律、勤奋、负责任的孩子，成绩就是不好，常有的事。但已经没有关系了，自律、勤奋、负责任，这用来应对之后人生的所有挑战，绰绰有余。这不就是教育的主要目的吗？

所以家长不能有这样的心思：我这孩子，反正成绩不可能好，高考没什么指望，随他去吧。反而要珍惜教育中孩子暴露出的种种缺点，逐一调整。天才孩子极少，普通孩子是多数。普通人何苦为难普通人，家长只有发自内心接纳自己的普通孩子，才能保持耐心和友善。这样，高考失败就不会等于教育失败，更不是孩子人生的失败。

要战胜挑战，就得学会从相弃到相爱

连岳老师好！

我是一名高一学生的家长。想咨询老师：怎样提高高中生的学习热情啊？我女儿从一个县级的初中考到省级前三的名校高中，高一上学期，在众多的学霸中，不能出类拔萃，落差极大，一学期下来，成绩由入学时的前两百名倒退到最后一百名了。现在由于疫情，还没有开学，在家上学校的直播网课。高中的学习任务繁重，知识量猛增，再加上从没住过校，她不适应寝室的生活，在班级上也没有受到老师的格外关注，和初中相比落差很大，初中那真是老师校长都夸着过的。高一一个学期下来，好像打了败仗一样，整个假期都无法进入学习状态。

孩子感到压力很大，在逃避学习，寒假作业还没有写完。现在学校每天的网课作业要写到23:00才写完，又没时间写寒假作业了。

孩子现在的状态就是提不起学习的劲头。学习没动力没目标，和初中勤奋好学、力争上游的她判若两人，听着网课偷偷上QQ和朋友聊天玩，我为此大发雷霆了几次，也骂了她好几次。都不起什么作用啊！她还是我行我素。

我怕孩子有焦虑症了，给孩子请了两次心理咨询师。咨询后的那两三天会好一些，之后，还是原样。我准备带她再去医院看看。在家里，只要不学习，看着一切正常。只要一让她学习去，就不愿意。听学校网课也不专心，上午前两节课不停地打瞌睡，无法投入学习。

她不停地联系同学朋友，诉说自己的苦闷。她说一直害怕自己抑郁，害怕自己心理有问题。我也不敢贸然带她去看心理疾病。她特别敏感。我不想她给自己贴标签。

还有，她爸爸姥姥一直埋怨我，初中没有让她养成独立自主的生活学习习惯。现在仍然是初中的习惯，可是高中的知识不像初中简单了，问题就都出来了。孩子不想在省会上学，想回到我们的县城上高中，想继续在小地方，想天天可以回到家里，不想住校。我快愁坏了，胸口疼了好多天了。

老师好，你帮帮我吧！帮我想想出路，我该怎么办呢？我怎么才能帮到孩子呢？我需要怎么做呢？

万分感谢老师！

一个高一女生家长

* * *

一个高一女生家长：

家有高中生，就意味着教育进入了最艰难的阶段，也进入了所有人都有收获的阶段。当然，没有把握住，也就进入了所有人都失去的阶段，太多的两代人在这个阶段在内心分手，家长失去威信，孩子失去信心。

在成长中，我们太相信有神药时刻，孩子或明白一个道理，或找到病因，一夜之间，他什么都做得好。回顾我们自己的成长过程，有这么神奇的事吗？没有，每天总有每天的烦恼。人的成长更像是骑自行车，在动态中保持平衡。

孩子在高中，麻烦会更大一些。他基本可被视为成年人了，自我意识强烈生长，叛逆、迷茫。强制性教育，比如大发雷霆，吓吓小朋友可以，对高中生失去了作用。成功的感觉，只属于前几名那些孩子——命运公平的地方在于，他们的挫败感考验将在大学时到来，或推迟到残酷的职场竞争时——多数孩子的学习，伴随着持续的挫败感。此时，家长认为只要发发脾气，找到神奇的按钮，他们就可名列前茅，这种轻浮而不耐烦的态度，将深深伤害他们，就像喝着啤酒的球迷，认为球员应该进每一个球。这种球迷都是不合格的，合格的球迷，只要球员努力了，会接受输球的遗憾。

更致命的是，高中生对家长的要求也是过高的，他们还不知生活的艰苦，普通家长在他们眼里，也算是失败者。失败者的指导，并没有权威。失败者的乱指导，更是只会引起反感。

这真容易变成一个互相嫌弃的艰难阶段。

可以改变。

主动权还是在家长手里的，你不嫌弃孩子，孩子也就不容易嫌弃你。这可保证沟通顺畅，否则，孩子连遇到的问题都不想告诉你，你能做什么指导呢？

正如一个人活到四五十岁，更容易理解自己的父母，甚至觉得父母伟大。因为已被生活痛殴，知道人生不易，自己和父母差不多，甚至不及父母；所以没有小瞧，没有嫌弃，只有理解，只有敬佩。

理解高中生也是如此，感受一下他们的学习强度。比如你的女儿，作业做到晚上11点，又要早早起来上课，上午前两节课不停打瞌睡。这不是心理疾病，也不是意志不强，这纯粹就是困。睡眠不足，一百个心理学家也无法阻止一个人打瞌睡。

这时候的解决办法是让孩子睡饱一点。至少，在她入睡之前, 不要再给她压力, 责怪她作业还没做完, 这样她的睡眠质量能够高一点。睡得好, 第二天不容易打瞌睡, 学习质量高, 作业做得更好, 睡眠质量又提升, 良性循环逐渐建立。从这小事开始提升, 慢慢惠及全部学习。

在孩子小时, 父母真正关心孩子的饮食与睡眠, 孩子睡不好, 父母很着急。到了高中, 很多父母忘了这初心与本质, 认为孩子不睡觉也能把书读好。生理不正常, 接下来的就是心理不正常, 最后学习也不可能正常。

真的爱, 有温度, 孩子感受得到。高中当然要追求成绩, 可是读书也像恋爱, 成绩就像漂亮的姑娘, 追不到也正常。对家里那个高中生, 最好的教育方法就是爱他, 他用力过猛时损耗身体, 就提醒他休息; 他低落, 就鼓鼓劲; 他失利, 就同情他、安慰他; 他失控, 就一起商量制定纪律。天天有问题, 天天解决。大家都不容易, 家长不容易, 孩子也不容易, 相弃, 学习就是地狱, 相爱, 学习就能得到力量。只爱成绩不爱人, 那肯定会浪费高中这三年, 你们从此难爱对方。

祝开心。

连岳

写在母亲节：母亲的温度、策略与方法

昨天深夜，有位妈妈留言：

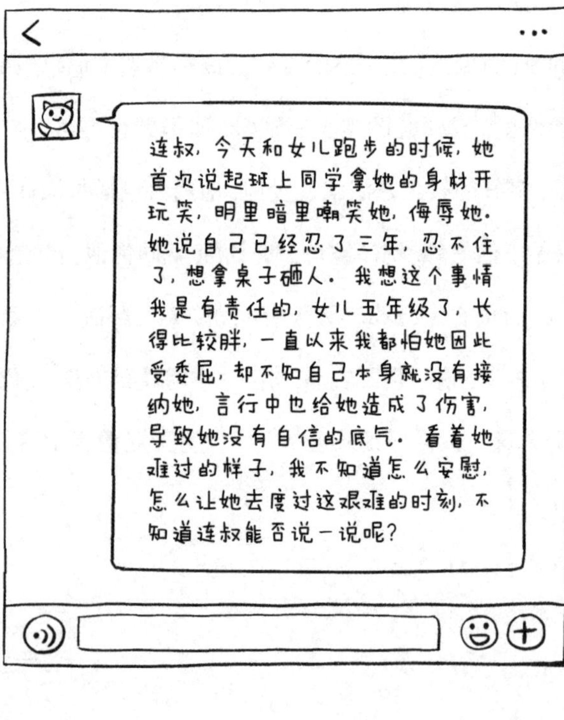

今天是母亲节，说一说，当作母亲节的礼物。其实，题目应该叫“父母的温度、策略与方法”，但我想，在母亲节，父亲们应该没有意见我偏重一下母亲们。

在这位母亲留言前不久，有位小朋友也留言了：

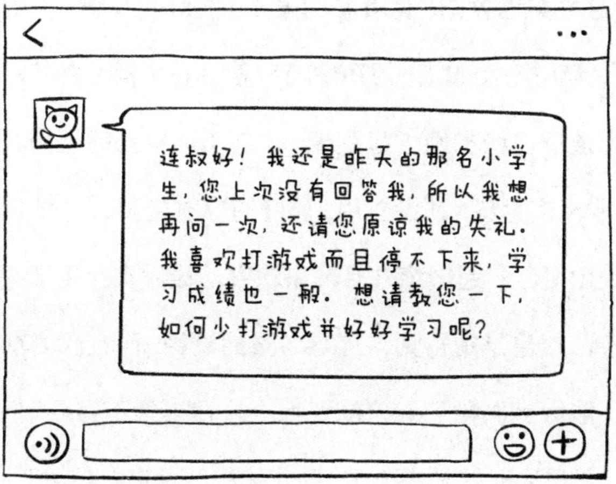

两条联系起来看，就知道小朋友的成长，也是很辛苦的，甚至比成人更辛苦。小朋友的世界，也分阶层，根据成绩、容貌与家庭，分出阶层。很多小朋友还不知道轻重，显得格外残忍，嘲讽挖苦他人，往往按最大力度来。而小朋友自己的能力有限，找不到调整办法：“我想，但想不出来。”

这个辛苦，母亲们听了很伤心，却是成长的必然。策略上要知道，孩子得经过这个挑战，指望世界对自己的孩子格外温情和照顾，那是不现实的。孩子的地位，也要他自己争取，才能得到。有些家长，按自己喜好，把孩子养成小胖子，却不知道孩子因为体形可能被同学无情嘲笑。这就是家长的策略差，给孩子制造麻烦。

知道真实世界的、有策略的家长，面对同样情况，就能够为孩子消除障碍。比如上面那位母亲，就不必太担心女儿的体重困扰，因为孩子已经和她一起跑步，并告知了自己的烦恼。此时自责或怨恨真实世界，都没有用，最好的应对是制订计划让女儿得到健康的体形，一起锻炼并且健康饮食。最后女儿用漂亮的体形回应嘲讽，这也是她得到自信与力量的过程，而且因为前后有对比，她还能得到同学们双倍的尊重。过程当然不容易，但正因为不容易，父母协助孩子完成了，她才能从他律走向自律。成长，就是经受过几次这种挑战，否则，就成长不了，一生只会在嘲讽前抹泪退缩，在挑战前空想而不实干。

母亲得知孩子的不容易，不要害怕，这是教育机会。不要自责，而应自豪。这说明孩子信任你，你像她刚刚出生时一样，依然是温暖的、值得信任的。你和孩子的沟通顺畅，她的求助信号一发出，你就可以即时回应，你的意志、方法、智慧与成就，成为孩子的第二个脑袋。教育，就是这种共同进化。

上面那位打游戏无法自控的孩子，解决办法也是恢复（提升）与家长的沟通，主动告诉母亲，我打游戏无法自律，停不下来，我玩游戏前告诉你，希望你在半小时后替我停止，接管我的手机（或游戏机）。你的母亲可能缺乏教育的策略与方法，甚至不知道你玩游戏失控，第一次听到时，也许会失控责骂你，希望你能挺住。你母亲因为你这次主动寻求帮助与他律，也有能力的提升，这是由孩子发起的共同进化，很罕见，一般孩子没这个勇气，所以更了不起。

孩子及时寻求母亲的帮助，母亲及时回应孩子的请求。只要我们这样相亲相爱，一切苦恼，一切挑战，经过汗水和泪水催化，最后都会变成我们的力量与资源。

被误解的勇气

连岳兄：

您好！

关注您的文章很久了，也把您的文章推荐给身边的人，包括我的女儿。

今有一事希望得到您的指点。

我女儿现在上海一家民办高校旅游管理专业读大三。她在校很努力，每年都能拿到学校的奖学金。前不久跟我提出想到美国读研究生，主要原因是国内的研究生不好考，想到国外的学校读书（当然是通过正规的考试考到正规的学校），将来可以找一份好一些的工作。

孩子有梦想，家长当然应该尽可能支持，可是去外国留学让我感觉压力太大。我是普通的工薪阶层，坐标安徽一座三线小城。虽然手头有一套房子卖了够她两年的花销，但是除此之外就无多少积蓄了。一旦家中有事急需用钱怎么办？而且就算学成回来是否就一定能如愿找到一份好工作呢？现在中美关系如此紧张，美国疫情又如此严峻，去美国读研究生是个好主意吗？

顺颂您和连太夏安！

Y

* * *

Y：

为了孩子的学业、梦想与前途，家长不遗余力，可能是中国家长责任感的最好写照。每个家庭汇总起来，这也是中国最核心的力量之源，没有这么多负责任的家长，不可能有一代比一代强的人才。

但这个“不遗余力”，不是纯按字面意思来，花光最后一分钱，流尽最后一滴血，而是达到最好效果的意思。强调的是质，而不是量。质要有一定的量作为基础，但并不是量越多越好，过了度，量多了，质反而下降。就像吃个八分饱，是健康的；吃个十六分饱，量大大增加，撑得恶心，效果反而非常差，一点质都没了。

教育的投入，钱是最重要的衡量标准之一。这最容易让家长们形成简单的条件反射，只要孩子要求，我就花钱，孩子一直要求，我就一直花钱，直到把钱花光，像你一样卖房子的也不在少数。用弹尽粮绝获得心理平衡：孩子，我真的尽力了。

无论孩子前途如何，没人能够责怪这种家长，他们在舆论上处于不败地位。但是，这却不是最负责任的，甚至可以说为了自己的“好名声”而放弃了家长的部分责任。这让教育的品质下降。

教育要达到的一个重要目的是获得理性思维，在决策时不能跟着情绪走。一个理性决策的大学生，不可能要求父母卖房子送自己去美国读书，因为这极可能让父母下半辈子走不出财务危机。

孩子读大学时，多数父母的收入已经开始下降，此时最重要的安全保障就是房子，若失去房子，可能就无能力再买房子。有人或有两套房子，但这多余的一套，或取得租金收入，以弥补退休后收入下降，或可在极危难情况下救苦救难。别说中美现在存在这么大的不确定性，就是正常时期，你孩子的要求都不能答应。

大三的孩子思维不全面，这正常。此时，父母基于理性的决策，就是在帮助孩子成长，这也是教育的一部分。要考研究生，可以，就考国内难的，不怕难是合格大学生该有的素质。为了逃避国内的难，花钱去美国找容易，这种畏难习惯一旦养成，以后不可能处理好工作与人生中的问题。

即使父母的决定是最正确的，孩子被拒绝，她难免有抱怨和失败感。父母此时不能心软。你要想到，失败感是人逃不了的挑战，人的成长，就是战胜一个接一个的失败感。父母给她的失败感，是最温和的，相当于疫苗。

父母的很多理性决定，孩子要多年以后，才能理解其力量。在这期间，承受她可能的误解与埋怨，甚至还有一定的舆论压力。这种勇气与隐忍，正体现了父母的担当与责任，比单纯的“撒币”难多了，这才是真正的“为了孩子的成长，不遗余力”。

祝开心。

连岳

孩子“不成器”怎么办？

这是一位家长的苦恼：

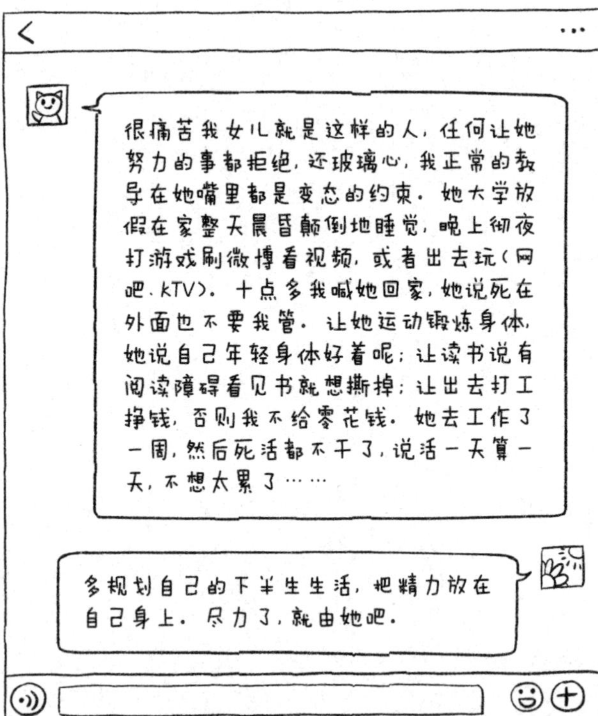

孩子在大学期间，尤其是毕业临近时，两代人的关系会面临一次考验。

此时，相看两厌。

在孩子眼里，父母不过普通人，成就不大，地位不高，给不了我好工作，给不了钱（父母给的生活费，他们一般不视为钱），只会唠叨些老套的道理，一听就烦躁。而辩论起来，孩子在大学，学过各种新理论新词语，抬杠耍赖的本事也更纯熟，父母基本不是对手。说又说不过，打又打不赢，这是父母纯吃瘪的阶段。

而父母眼里的孩子，不过是生活无法自理的家伙，他的前途更加令人担心。担心了，就更唠叨，唠叨得越多，吃瘪越多。难以抑制内心的悲凉：二十多年的教育投入，就换来这么一个不成器的孩子？

此时的应对，分几步：

一、不要慌张，以为孩子完蛋了。他们这往往是最后一次叛逆大爆发，眼还太高，手还太低，心里害怕，又不好意思承认，脾气就会变差。该说的说，天理人情，公序良俗，就是那么几句话，说了心里才有种子，时机合适就会萌芽。但话不过三，尤其是对方没有听的愿望时，更要适可而止。沟通也讲边际效应，说得过多，效果变差。

二、展示决心，设置断供点。福利养懒人，大到国家，小到家庭，都适用。过度的福利，只会养出废人。父母要知道，孩子大学毕业后的十年，是成长的黄金窗口，一晃眼窗口就关了，以后再补课，难度大太多。但是那个年纪的孩子却不急迫，年轻人体内的生物钟快，觉得时间又长又多。只有外在的“强制”发生时，他才能真正成长。大学毕业，或研究生毕业，不能再迟了，设个断供点，从此让孩子自己养活自己。这样有工作任务的强制，有同事竞争的强制，有老板批评的强制；再后来，有培养孩子、照顾家庭的强制。一二十年之后，他突然发现，当初父母养自己不容易，成为一个尽责的人，已经是不小的成就。

三、规划自己的下半生。为孩子过度焦虑，往往是因为自身缺乏价值感，只有孩子极度出色，人上人，才能满足自己。在断供点之后放手，让孩子承受命运，挫折、疑问、痛苦，不能代劳，只有他亲身体验，才有真成长。你更专注于自己的事业、爱好，甚至是爱情，你不会有失落感。此时，该完成的责任基本完成，你的人生才过一半。除了没办法再生一个孩子，什么事再来一遍时间都足够，刚好放飞自我。

在成长过程中，无论是对孩子，还是对自己，成器的标准应该务实一点。能成为杰出人物，万众瞩目，当然好。但是，一个人自食其力，受人尊重，就是成器了。在一个和平的、上升的时空，比如现在的中国，这不难，遵守公序良俗即可。不外乎礼貌、干净、诚信、敬业，都是普通人做得到的事。

5

人生 · 心理

让你变好的资源,都在你自己身上。

熬出意义，这是人注定的任务

亲爱的岳叔：

新年好！

称您“亲爱的”，是出于敬意，还请岳嫂不要生气。我在一个明净的夜里给您写信，耳边有缥缈的尖叫声，室友们都听不到的那一种。我的思绪很混乱，我会努力将其理顺一些，还请您见谅，感谢您读我的信。

我今年22岁，女生，长于西南边陲小镇，双相情感障碍患者（曾被误诊为抑郁）。

患病很大一个诱因是14岁独自离家求学，所有的凌云壮志都在两年里被名校教师因同学出身高低、礼金轻厚而采取的区别对待（其实只是自己太弱小）所磨灭。17岁三次尝试自杀，因为不愿选择过于麻烦他人的方式而多次被救（一次出逃，两次服毒）。那时遇到一位温柔的教导主任，劝说父亲带我就诊，被诊断为重度抑郁。父亲出了医院便撕了诊断书,斥责我弄虚作假,质问我:“还愿不愿意高考?”我害怕回家,同意留校高考。又是行尸走肉的一年,靠着原先的底子参加考试,报了一所离家千里的末流二本。从那以后,很少问家里拿钱(羞愧自责),一面节省一面做些低级廉价的兼职。学校纪律怪异又恶心,形式主义至上。我难以融入,支撑了一年,大二办理了休学,连累温柔的男友收留,做威客赚钱。一年后迫于各方压力返回学校,表面活力充沛,应付自如,其实度日如年,整夜无眠,恍惚中常常跌进不堪回忆里——幼时衣食不足,冬日嘴唇开裂至不能言语,单衣薄裤被“钉”在教室座位上不敢出去;捧回家满满的奖状和证书被忽视,小我两岁的弟弟拿回来的小红花都会被粘在墙上(并不是怨恨父母,只是难过而已,也知道他们是第一次为人父母,难以周全)……跌进这些回忆里时,总觉得那个蜷缩起来的小姑娘从来没能离开原地,我想抱抱她告诉她一切都好了一切都好了,却什么都抓不到,只有泪水是真的。过去忍下的泪水,现在都以另一种方式流了出来,没有尽头。

我去求医,挂了专家号被诊断为双相情感障碍,亢奋的时候机敏善辩,沉郁的时候安静地自我毁灭。积极吃药,于是每天都可以昏睡过去,不再睁眼等天明。可那又怎么样,始终不能永远睡下去，逃来逃去都在原地。药贵，心理咨询很贵，爱更贵吧，没有一样我付得起。

真的对不起，写得琐碎又凌乱。

我小的时候曾想象过自己长大的样子，可不出意料，我并没有成为自己想要变成的那种人（一个厉害的植物学家或者下笔如有神的作家）。应该没有天分，也没有去好好努力，正努力地说服自己平静地接受自己这个样子，就是这样浑浑噩噩地活着。但我写下这些，我才清楚自己对这一切是有多绝望。或者更为诚恳地讲，从一开始我就对这一切非常绝望。这并不是说是那种感叹命运不公的愚蠢想法（可能是有那么一点），客观而言，只是出于对自己无能的愤怒（一无是处，竟然还渴望爱？）。

今夜我依然陷入了那种灰败的情绪，像一株种在阳台上的植物，不管怎么努力扎根，都不能找到水源。去年熬了过来，以为自己胜利了，但其实并没有。没有办法跳出来振奋认真地生活，有时候我甚至怀疑自己也许只是懒而已，于是就想办法去努力克服。亢奋的时候在计划里写下“运动任务达成一，学习任务达成一”；阴郁的时候蜷在郊外的公交车座椅上，冷的阳光投进来，感觉到脊柱像只红虾那样弓着。人多一分，我便小一分，最后缩成一粒豆子，被踩进土里，却发不出芽来。

真的很抱歉给您写了这些，这些负面的消极的文字垃圾，没有人应该去无端承受其所带来的莫名压力，真的对不起。可是我很自私吧，因为贪图他人的劝慰和宽恕，还是想发给您。

我很懦弱，遇到很多事我都想逃（其实只是很简单的对视、对话，或者集体出行等），只是当我把脑袋埋进沙子里时才会发现自己根本无处可去。

亲爱的岳叔，您说，一个人能在没有任何人支持的情况下建立起健全的精神小屋吗？内耗好累，我好想好起来……好想活得体面一点，过得正常一点……好想做一个温柔的人……好想有价值，不给别人添乱……

真的对不起，打扰您啦。

溺水的狸子

* * *

亲爱的狸子：

怎么会打扰我呢？接收读者给我写的邮件是应该的，不然我的存在就失去了一部分意义。

我也希望我们这次小小的聊天，对你有一点用，至少让你今天过得开心一点。但也我知道，任何一件事，效用都是有限的，吃完饭又会饿，瘦下去还会胖起来，所以未来我们还要做很多事。

人一生的意义是什么？我们最终能够走多远？我想，这真的需要我们努力试过一切可能，才能得知。比如，我认为你这封邮件的文字很好，你想当一个下笔如有神的作家，并非不可能。但是，这种可能性的彻底释放，可能你要写下的文字得是这篇邮件文字量的五千倍、一万倍。每天写，每年写，在这过程中，要养活自己，要忍受孤独、寂寞、无人理会。到了有点名气，你要忍受挑剔、攻击、自我怀疑，仍然需要定时定量的创作来安慰自己，停止创作即是死亡。这种状态，也就是熬，熬过当下，熬过我们这一生的份额。我觉得，每一个行业都是如此，每一个对自己的人生稍有期待的人都是如此，都需要熬，这个艰苦的工作，是人注定要承受的，幸福的孩子是如此，不幸的孩子也是如此，只是每个人熬的路径不同。

你熬过几次死亡，熬过疾病，又熬完去年，迎来了新年，经历了这么多，也才22岁，你熬的能力已经异于常人，没有必要害怕未来。

会有人支持你的，你也遇到过，温柔的教导主任和温柔的男友，都支持你，连叔也会支持你。随着你支持他人能力的增加，你会遇见更多支持你的人，这是人类温柔的地方，我们以血缘划分族群，我们也以精神划分族群，温柔待人的人，最后都会待在一起。你长大了，你的孩子，或其他孩子，需要你和他聊聊天，度过暂时低落的时刻。

但人类也有冷酷的地方，进化的淘汰机制，一秒不停歇，庞大基数里任何一个个体的消亡，都是海洋蒸发一个水分子。这种冷酷，会由那些不爱你的人执行，你的父母可能忽视你、虐待你；你的朋友可能小瞧你、嫉妒你；你的爱人可能背叛你、离开你；更不要说你会遇上的敌人与小人，他们将尝试用一切手段摧毁你。但不要太害怕，他们要达到目标，一定得先让你按他们的标准行事，你向不爱你的人索爱，你向憎恨你的人示弱，你试图取悦那些难以取悦的人，这都让你沮丧，让你一步步失去自己，让你毁掉当下与今天，让自己的明天与未来更难受一点。

你不善于对话，不喜欢集体出行，这都没有问题，你没必要按别人的标准活着。喜欢沉思就沉思，喜欢独处就独处，不麻烦别人，养活自己，爱那些爱自己的人，无视恨自己的人，一天天过下去。这样的人生很了不起了。

温柔待你的人，粗暴伤你的人，都只能通过你的内心起作用，让自己只对前者打开，温柔地对待自己。

祝开心。

连岳

人生最佳策略

连叔：

您好！

我今天做了一件很糟心的错事，以致辗转反侧，难以入眠。

年底了，公司组织了内部的员工满意度投票，是个微信设置的投票系统，由组织部的员工统一私发给客户。这个秘密投票事件，我本是不知情。今天有老客户投票时告知了我，我才知道。出于好奇，我要来了投票的链接查看，投票结果在众多同人中排名第三。本来也算理想，只是有个新进来的跟自己有竞争关系的同事排在了我的前面。我一时好胜心作祟，想到了拉票，想着拉几票超过了那个同事就好。我把投票链接私发给了三位好朋友，请求帮忙，票数跟第二名的那位只差两票而已。怎知，其中一位好友把投票链接发到了他们的同事群里拉票。一时间，票数猛涨，远超之前第一名的同事。我一时间不知所措，赶紧制止。其实，之前投票获得第一名的同事工作能力是真的很棒，以这种暗自刷票的形式超过了他，心里很不是滋味。最要命的是，我们业务员每个人的客户数量都是登记在册的，你的投票总数是不能超过自己的客户总数的，否则票数就是作废的。虽然好友已经在群里制止，但我目前的投票数已经快要超过我的客户总数了。明眼人一看也知道是我在偷偷刷票了。

现在我心里五味杂陈，一是得来的票数并不是实至名归，心有愧疚；二是懊恼自己一时急功近利，担心失去领导的信任。由此事件，领导要是推翻我以前工作中的种种努力，否认我的个人人格，该如何是好？现在心里像是油煎一样难熬，盼复。

失眠了的安安

* * *

安安：

最好的解决办法，就是把你这封邮件发给主管这次评比的领导，或者，索性公开给公司同人。但我知道，这需要极大的勇气，很难，没几个人能够做到。你做不到，也正常。

那么，就只能接受后果了，领导、竞争对手和同事，都知道你造了假。你信用受损是必然的。

人生很多事情是没有办法的。你一封邮件里，就有两件没有办法之事。一是你希望造假造得恰到好处，既得了利益，别人也看不出来；二是你希望造假败露之后，别人当作没事。第二件是完全不可能的。第一件，或许有人偶尔能够成功，但长期来看，成功率也不高。简单推理一下就知道，如果造假的成功率很高，那么，这个世界就是骗子的世界。事实上，并不是，世界还是由真实的人，并由他们做的真实的事构成的。我们的朋友，我们的合作伙伴，总是那些最真实的人。

人非常复杂，是情感加理智的动物。理智是人的内核，但有意思的是，有人很聪明，也就是他的理智很多，我们却往往可能不爱他，不想和他当朋友。原因也很简单，情感上不信任他。如果一个聪明人有算计别人的坏名声，那就更糟糕，聪明反而成为他的弱点。别人会想，我不如你聪明，肯定会被你算计，还是离你远一点好。

人的一生，就是获得他人信任的一生。有这个能力，你才有配偶，才有朋友，才有忠实的合作伙伴。除了理智，你还得让人爱你，爱有很多种，有配偶之间的浓烈排他的爱，有朋友之间轻松兼容的爱，有陌生人之间温暖短暂的爱。

人最宝贵的是什么？是他的自主，是他的独立。当我们被他人侵入边界时，就不舒服，从物理到心理，都是如此。我们会拥抱朋友，将物理距离降到0，却不允许陌生人太靠近自己。有人进电梯，你下意识就会挪远一点。家人与朋友，有时候都会疏远，仔细分析，源头都是有人起了控制他人的心思，仗着爱，仗着血缘，你想侵犯他的自主权。朋友允许你拥抱他，却绝不会允许你控制他。

知道这点，和人打交道也就简单了，获得别人的爱也不难。芒格说过，如果我知道自己将在什么地方死掉，我就不去那个地方。知道做什么让人不舒服，那就不做。无论是熟人还是生人，你不侵犯他宝贵的自主权，他就更可能爱你。连哄小孩都是这样，你老老实实陪他玩，说一些傻乎乎的话，他就很开心，你扯一堆道理，老要纠正他，他就烦躁，即使你的道理都对。

所以，不要去玩拉票、刷量、搞假排名这一套，它是反人性的，短期或许得一点蝇头小利，长期来看，就是给自己挖坑。人实在一点，不虚张声势，名声比实力稍微小一点，又没压力，又走得远，其实是最佳策略。

祝开心。

连岳

增加自信的几点建议

连叔：

请问怎样增强自信，破我执，提升行动力，学技能？一直找不到可行的办法，但自信又那么重要，很苦恼。

* * *

按这位老朋友的思路，继续谈一谈自信的建立，他其实已经为自己找了三个方向去突破。

我们需要怎样的我？

破我执。关于“我”，一直是人类思考的话题，因此积累了许多不同看法，又彼此对立，所以让人迷惑，有一大主流看法，认为执着于我是不对的，是我执，要破。因此，一个人无我，利他，似乎道德更好。王小波先生早就证明过，这在逻辑上是不成立的。人人把我贡献出来，如果无人接收，那大家都白忙了。如果有人接收，这个人就不是无我，结果就是道德最坏的人得到最多的奉献，这将鼓励道德败坏。

有我，这是自然而然的事。为自己活得更好，为自己的利益而奋斗，这种我执，是正大光明的事，没必要破。市场经济的发达，人类处境的改善，与亚当·斯密这批经济学家的思想解放有关：证明人人利己，反而会促进经济的繁荣。

要破的我执是这种：允许自己有我，却不许他人有我，只想着侵犯他人利益养肥自己。只要坚守"有利于我的事，也要有利于他人"，这种我就健康而温暖，像生命本身一样。不仅不要破，还要仔细维护。

我们需要怎样的技能？

憋个大招，一鸣惊人。这可能是多数人对技能的理解，达到那个境界，受人崇拜，对自信当然有帮助。但这种想法恰恰是对技能的误解，这是把击败最大多数人当成生活目标，很难达成。因此生活充满挫败感，这条路只会离自信越来越远。这也是我们教育中犯的最大错误：不是排名前几的孩子，似乎就不是人，一直被指责。让他们以为成功很难，尊重很难得到，一辈子指望放大招登上人生巅峰。当然，99.9%的人是放不出来的。

我们要的技能不是大招，是小招，人人都会。为的不是击败别人，而是提升自己。即使只是一个病人，他不被疾病击垮意志，顽强地恢复，他也能抚慰自己的亲人，得到尊重。他有自信，还能激发他人的自信。

绝大多数人地位的提升，靠的是“洛克菲勒升职法”：年轻的约翰·D. 洛克菲勒求职，从最低端最低薪的工作做起，他完成本职工作之后，总是要多解决一点公司的其他的迫切难题。他一直比期望的做得更好、更主动，因此，他在公司迅速升迁。这是很难模仿的大招吗？不是。更多人的状态是得到工作后开始学会偷懒，小事上都得不到信任，机会只会越来越少，自信也就无从谈起。你我手头每天都在处理各种小事，有自信的人是想着怎么把它们做得更好，无自信的人是想着怎么糊弄过去。

我们该怎么行动？

让自己变得更好的资源都在自己身上。你每天早起二十分钟，有时间洗个澡，收拾得清楚、清爽、清香，从容出门。这一点点行动力，这一点点技能，不需要别人帮你，也不必上什么昂贵的培训课，一生坚持，你尊重他人，你能管理自己，你靠谱，这些素质，就建立起来了。你可以发现自己有很多这种小事可以处理得更好，更有效率。

停止明显侵害自己的行为，就是行动力。你想做什么？立刻、马上、现在就动手，不要等什么大日子。任何人都做得到的，行动力都是毁在等。

最后要说，自信这个“信”，和信仰有类似的地方。你一无所有也可以自信，你不需要什么证据，是人就行。恰恰是因为有了自信，你才走出一无所有，你才到达应有尽有，自信是一切力量的源泉。

这是一个人情世界，这也是一个超越人情的世界

连叔：

你好！

关注你的微信公众号已经有段时间了，能够感觉到你平和的处世智慧。我去年博士刚毕业，不到三十。现在和妻子一起在某城市的一所还不错的211理工类大学当教师，时间相对自由，可以自己做一些感兴趣的科研工作；虽然科研任务重，也还能够应付。

最近一两年我有一个心结：自己在读博期间做得不错，并且通过自己的努力找到了现在的工作。但是周围有些同学，毕业比我晚，做得没有我好，研究成果不如我多，但是找工作的时候博士生导师可以帮忙找到好一些的学校，或者通过关系找到同档次的学校。

我知道这是一种不自觉的攀比，或者是嫉妒，尤其在关系比较近的圈子里容易发生。我在平时尽量去提升自己的修养和认

知,也常常会劝自己:现在生活其实已经很好了,夫妻有稳定的工作,也买了好几万一平方米的房子,不要纠结这些事情。也知道这个世界就是这样,是一个很复杂的系统,不是呈线性的,尤其社会的属性就是人和人的关系。但是这些念头就是不自觉地会在我脑海里浮现,让我有些失落,有时觉得真是不公平,觉得自己不够幸运:之前的导师没有那么好,或者说很自私,不会帮自己找工作,而是只会安排我干活为他谋取利益。

自认为在平日的生活中是一个大度、乐观、积极向上和热情的人,父母也都不小气,甚至妻子在这点上都比我豁达得多。但是这个事情为什么会一直成为我的一个纠结点?我也知道其实自己还是可能向往更好的生活吧!但是心里总是有个坎迈不过去。请问连叔,除了自己不停努力奋斗,有没有什么方法能够让自己更坦然面对这类事情?

祝好!

Y博士

* * *

Y博士:

首先恭喜你,人生与职业有了很好的新起点。好家庭,父母大气,经济估计也不弱;有房子,有大学作为自己的平台;尤其是有一个豁达的妻子。这些都让你的安全性大大加强，你的一切积累，都不容易被打断，学问与名声的雪球，不中断地滚，十年以后，应该很可观。

看得出，你追求公平，也坚信自己的科研能力。我很欣赏这点，一个人最终应该靠能力说话。一个人也只能靠能力说话，世界就是这么运转的。最后胜出的强者，一定是以能力说话，没有能力，就是把你扶上王位，你也坐不住。

一个人受过教育，知道逻辑、证据与严谨的作用，我们也要靠它们吃饭。但是又不要太拘泥于它们，那会变成书呆子。人与人构成的世界，情感的作用很大，情感往往不能用逻辑来分析，成不了科研报告。但它又像暗能量一样，是世界的主要力量。忽视它，对抗它，就容易觉得自己受委屈。浪费自己的精力与之缠斗，最后变得愤世嫉俗，也耽误了主业。几年后，你瞧不上的人走在你前面，实力已经比你强，你会加倍难过，而且没人同情。

人与人的情感，即是人情，在同等条件下，我们愿意帮助自己爱的人。违背这规则，就会没人性，他不喜欢其他人，其他人也嘲弄他，活得很痛苦。

我给你讲一个昨天晚上的事。

我和连太逛街，瞥见一个品牌。咦，这不是我们的一个朋友代理的吗？他很看重这个意大利品牌，聚会时多次提及。连太挑了三条裤子，很喜欢，就全买了。我闲着无聊，也试了两条裤子，也买了。这种购物习惯可能比较像游客，店员姑娘就问我：你们是不是游客啊？我说：不是啊，你们老板我都认识。顺着这个话题，又聊了几句。

买单的时候，姑娘爽快地说：你是老板的朋友，打七折。我吃了一惊，说：你不怕我瞎说？还是确认一下吧。她说：我很确定。她应该在聊天时，用一些细节验证了。成交之后，我给朋友发了我的试衣靓照。他的电话马上追过来，说："照顾我生意，让我给你打点折吧。"我复述了一下过程，他哈哈大笑："好，折扣也不能再低了，不然要亏本。"

这里的折扣就是人情。在我试衣服期间，有位父亲，带着两个孩子，他应该是这品牌的忠实客户，迅速试了几条裤子，买单走人。他不认识老板，花的钱比我多，可是他实力强，根本不在乎。

我想说的有两点，一是你实力强，照样应有尽有，别怕他人用人情。

二是我在你这个年纪还没想通的，人到中年才慢慢想明白。按早年的脾气，我会想：我又不缺钱，买得起这几条裤子，何必用人情？现在不一样，即使店员没有那么聪明伶俐，我也会给朋友打电话，让打个折。我愿意欠朋友一个人情，这说明我信任他，他不可能用这点人情勒索我；而且我也有能力还这个人情。人情就是个信任货币，瞎欠滥用，就变废纸不值钱，适当用一用，不过是交流感情的一种方式。

想清楚这些，就不会反感有人被适当照顾，只要没有违反原则。将来，你是你领域内的专家大拿，你也会有自己喜欢的学生，你愿意更多地指点提携他们，给他们创造更好的起步，这也是人情，欠你人情的学生，他们可能会在学术上更精进，在人品上对自己要求更高，因为这也是在还你人情。

人情社会不可怕，自轻自贱者，有什么人情？你的强大，是一切的根本。

祝开心。

连岳

别老想着逆袭，顺利不好吗？

连叔：

我是一个大一新生，入学快四个月了，我感觉自己没有任何进步。我试着写总结，发现自己只学会了简单的化妆。

这几个月没有目标，没有计划，作息不规律，不锻炼、不阅读，总是刷抖音，消磨时光；做事欠考虑，没有主见；上课走神，玩手机，课后不完成作业，小论文敷衍。

我的专业是财务管理，到现在一篇财经类报道都没看过。我还乱花钱，尽管是贫困生，但是我平均每个月花在服饰上的金额高达八百元。我知道这样不应该，但是我又急着想变好看，想增加个人魅力。我知道我的三观可能不正确，我第一次感到人生迷茫，不知该何去何从。

我好像一直活在自己的舒适区，逃避问题。父母总说要有出息，我本以为会很简单，只要我考研，拿到高级会计师证，一切都不是问题，可是我现在意识到我连初级财会都没把握。以前瞧不起专升本的人，现在专升本的人比我都强，而且努力。

我在想我该怎么改变自己，从哪里开始改变？最让我苦恼的是自己做事欠考虑，每次犯低级错误，我就很自责：怎么那么笨！怎样才能变得聪明一点，想得周到一点？我身边的人都说我头脑怎么那么简单，智商堪忧。我应该怎么改变？心情极其低落。

zdp

* * *

zdp：

你的智商没问题，你其实对你的智商很自信。你的问题不是不够聪明，而是太依靠自己的小聪明。

人容易不受控制地刷抖音——当然不仅仅是抖音，如今各类垃圾资讯铺天盖地——明明已经感觉到恶心，影响了生活，手指还是不停地戳戳戳。

同样的反应，也控制着很多人生活的其他方面：健康指标很危险，却戒不掉垃圾食品；吹牛虚荣的假话，很快会被证伪，却抑制不了自己夸张的戏剧型人格；被垃圾人的垃圾感情吊着，控制着，却断不了，对方说句好话就开心……这些行为背后的原理相同：即时满足控制了人，这种满足一消失，人马上需要更大剂量的刺激，就像吸毒一样。

身处其中的人，越来越没有耐心，越来越没有定力，慢慢失去了思考力、行动力。最终只能靠垃圾资讯、垃圾食品与垃圾感情过日子，自己也彻底垃圾化，他人避之唯恐不及。

没有人愿意垃圾化，都是慢慢滑入垃圾坑里。随着时间慢慢变少，他就变得更着急，孤注一掷。没学习的学生，有更强的意愿考试作弊；老年骗子，更想玩一票大的。着急让人更着急，很多事情只能慢慢来，你越想改变处境，你越要知道慢是唯一路径。

你是穷孩子，有强烈改变贫穷的意愿。这很好，这是生命力的体现。你将来不穷了，也要记住此时的意愿。但指望新衣服和化妆术迅速增加个人魅力，却不是一条好路。你的同学，你的老师对你的评价，可能刚好与你的期待相反。一个贫困生，不好好读书，天天买衣服化妆，这人太不负责任了吧？你反而没了个人魅力。

一个女大学生，当然要学打扮化妆，这是爱美的天性，压抑住也不正常。但对一个女大学生的魅力评价，打扮化妆占比并不高，得体整洁就行了。学业好，精神蓬勃，待人诚信，这些占比才高。将来你是女职员、女老板，甚至成了女富豪，用顶级的奢侈品牌，个人魅力构成的比例关系还是不会改变。打扮化妆是锦上添花的事，并不是一个人的立身之本。一个人水平低，人品差，即使靠打扮化妆暂时取得别人好感，真相暴露后只会受到加倍的厌恶。

有些年轻姑娘想不清这点，以为靠打扮化妆钓个富人，从此生活幸福。富人的见识不会这么差，看得见她的意图，即使走眼上当也会奋力挣脱。真钓上的，可能是智商上赢她，人品比她更差的富人。他才是真正的钓者，玩高级一点的买春游戏而已。

摆脱贫穷是穷孩子半生一生的事业。出身无法选择，接受这个艰难的挑战，在任何事上，付出不输给任何人的努力，你的路径大概是这样的：

一、以优异的成绩从大学毕业；

二、以优异的业绩在工作中崭露头角；

（在以上两个阶段中，你或许与另一个优秀的年轻人恋爱成家。）

三、你不停积累能力与资本，供了房与车，保障家人不比别人生活得更差；

（第三阶段任务完成，人生就及格了。）

四、你在自己的专业领域晋升到重要阶层，或你创业成功；

五、你给更多人带去能量。

没人能够轻松通关。穷孩子不容易，富孩子也不容易，王思聪要证明自己也不容易。个人魅力终究不是打扮化妆得来的，它是你修行的光芒，修行越久，光芒越强。

祝开心。

连岳

脾气太坏是病，脾气太好也是病

连叔：

能不能请您说一说如何管理情绪。感觉成年人问这个问题很不成熟。可是，这困扰了我多年，最近更是痛苦。一直以来有什么不顺心的事情，我就会发泄出来，发泄了就过去了。老公脾气很好，但是他会不理我。他说他要消化我的脾气。我已经比没结婚前好很多了。可是，现在有宝宝了，婆婆从老家过来帮忙带孩子。有时候观点不一致或因别的事情，我就特别想发脾气。想想后果还是算了，毕竟不能在老人面前发脾气，我也不想老公为难。可是憋在心里很痛苦，我想去娘家住几天，可是快上班了，往后还要长时间相处，我怕把自己憋出问题了。想请您给我指点下。不知道我说清楚了没，我心里很憋屈，感觉无处释放。盼回复，谢谢。

小维

*　*　*

小维:

脾气是人的一个属性, 就像火一样, 怎么安全地使用它, 是人的一大挑战。

对于你这样太爱发脾气的人, 有机会憋一憋, 其实是好事。这创造了机会让你学习控制自己。除了精神出问题, 人都有控制脾气的能力, 所谓的脾气不好, 只是借口而已。脾气再不好, 在领导面前, 在警察面前, 在法庭上, 哪敢发脾气? 有些人在家脾气暴躁, 出门可乖了。这说明他们能够控制自己的脾气, 不能控制, 只不过是吃定那些能够欺负的人, 主要就是自己家人。说得严厉一点, 这是人品差。

一个脾气太坏的人身边, 往往都有一个脾气太好的人。就像你一句带过的丈夫, 专门消化你的坏脾气。这些人人品好一点, 但也不正常, 他们不敢用脾气维护自己。当自己被侵犯时, 适当的愤怒与冲突, 是维护自己权利的必要手段。这些手段全放弃, 什么事都憋着, 成为没有脾气的受气包, 他就把你的坏脾气越养越大。你发泄完, 爽了, 没事了。下次, 就需要更大剂量的发泄。这和吸毒一样, 而你那没脾气的丈夫, 就是提供毒品的人。天长日久, 这样承受他人坏脾气, 也会心理变态。

家里有一个脾气太坏的人，脾气太好的人要反省，是不是自己太懦弱，该出的声不敢出，该吵的架不敢吵，以致一步步沦陷，陷双方于不利不义且有病的境地。

当然，现在出一点问题，就有人偷懒地建议：去看心理医生。我觉得没必要，现在心理医生太多，良莠不齐，莠远多于良。很多人没病看出了病，小病看成了大病。人还是要靠自己，关于人，心理也罢，宗教也罢，世上有万千论述，都在讲解如何控制自己的脾气。发脾气看起来是小事，其实是大学问，也是人人要面对的必答题。

能够控制脾气，也就能够控制自己的人生。在中国的儒释道里，这也是不停重复的大主题。孔子的“人不知而不愠”，老子的“挫锐解纷，和光同尘”，讲的都是自制，乱发脾气于事无补。佛祖更是把“嗔”当成人生的苦源之一。觉得自己脾气不好，但又不能马上控制，“憋”得难受，不要觉得意外，这本来就是一件很难的事。花个十来年或半辈子学会，是应该的。只有脾气不好的人，才指望自己马上学会，不然就要冲自己发脾气。脾气不好，总的来说，就是要即时满足，没有憋一憋、等一等的能力。多憋几次，有好处，耐心会增加，也知道好好说话的力量。

祝开心。

连岳

活下去，活得好

昨晚，看到一位老朋友的留言，我一定要回复：

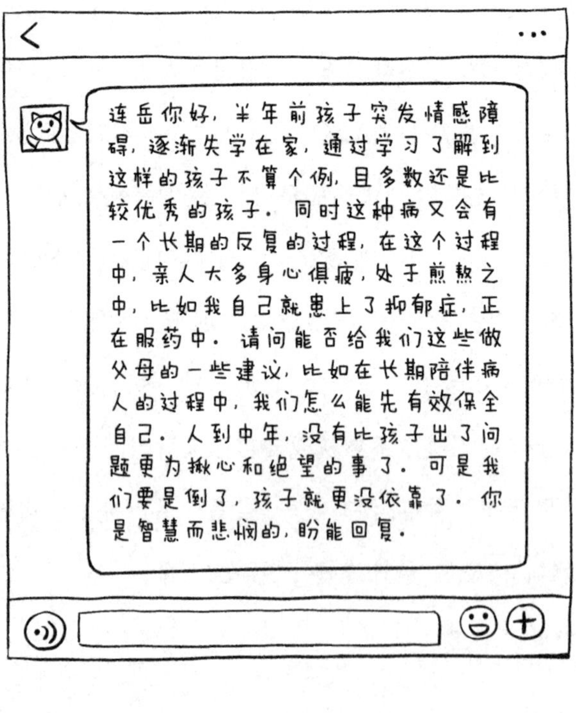

如果给我留言、写邮件，能让你减轻一点点压力的话，你想写就写，不要有顾虑。想到这些文字有帮助他人的功能，我很乐意去写的，并不会让我精神上产生负担，不要认为这是麻烦我。让自己的状态与情绪形成文字，本身就有安抚与治疗功能，给我这个潜在的阅读者写，像和一个人聊天，你可能更容易减压。

你其实看到了事件的核心，最重要的，就是有效保全自己。一切艰难的事情，其核心应对都是三个字：活下去。只要争取到了更多的时间，就有改善的可能。人最宝贵的资源就是时间，健康的人如此，暂时生病的人更是如此。每过完一天，都要恭喜自己：我又挣了一天。

你保全自己，而且是质量更高的保全，首先要信任病人，相信他能够战胜疾病，相信他在与疾病的长期缠斗中，能够慢慢占据上风。信任似乎虚无缥缈，你不信它就不存在，你信，它就能够影响现实。我们在完成艰难任务之后，倒回去想，起初最重要的精神力量，就是在于相信自己能够做到。

我们自己被信任时，有股温暖的热流走遍全身。我们信任他人，他人的感受是一样的。不信任等于说，我认为你是软弱的、无能的，我要替你做决定，我来完成你应该完成的事。不信任引发的行为就是控制，控制达不到立竿见影的效果，就引发焦虑。让病人去做他们自己的事，他们做得到的，要坚信这点。

保全自己的第二点，我们要做自己该做的事，在这种情况下，要放弃愧疚感。像一切维持良好身体状况的人一样，需要你有营养均衡的饮食，定期定量的锻炼，在生活中露出快乐的笑容。

有人会想，这合适吗？我有快乐的权利吗？家里有病人，我难道不应该悲伤痛苦吗？

合适的。

疾病是意外，有时候做得再好，疾病都会发生，人不要去背这个责任，老在心里说：早知道我如何如何，现在就会如何如何。这只是在故意惩罚自己，压制自己正常生活的欲望。

你应该正常生活，有自己的事业，有自己的追求，也有尽量多的快乐。要毫无愧疚地生活。你的正常生活，在此时是一剂良药，它能影响病人的行为模式，见人微笑，我们也会微笑。你的正常生活，还可减轻病人的心理负担，将他从“我拖累了别人”的重压下解放出来，长出一口气。你不愧疚，他也就不愧疚，他不浪费自己的能量，相应的，也更能保全他自己。

我们希望能替亲人承受病疼，助他一臂之力。做得到的，最好的办法就是活下去，活得好，这能告诉他两点：放心，我是可以依靠的；你的病情没有压垮我们，我们都在正常生活。

人为什么活着?

连叔:

展信佳。

此刻我正在医院的病房,这只是我一年中必来医院多次中的一次,稀松平常。只是我越来越难以逻辑自洽,于是想写下这封一直就想写的信给您,希望得到一些逻辑上的圆满。

去年,经历长达几年的病程之后,我最后住院确诊得了一种终身免疫性炎性肠病,学名“克罗恩”。从最初的无法接受,到平常心接纳,再到难以平复,再到无奈接纳……如此往复。此间病情反复,以到医院接受药物治疗为最甚,严重时影响正常生活。妻子从最初的宽心安慰,到最后的词穷意竭,被我弄得身心倦怠,现在只能是随我,不再经常提及。我心里其实十分难受,根本不愿这样,只是苦心追问:为什么是我?为什么活下去的代价要这么大?此种疾病,治疗需要每隔两月左右去医院打点滴输入一种昂贵的生物制剂，然而这不是最令人难以接受的，最令人难以接受的是：此类药物总有一天会在你的身体里面失去药效，从而需要更加昂贵的药物代替，直到无药可用，直到医生和你说的：你迟早需要手术……直到生活质量极低地死去……而罹患此类疾病的基本都是年轻人，我三十岁都算是年纪较大的患者……

很多人会问：是什么原因导致了这种疾病呢？既然是肠病，肯定是你胡吃海喝造成的吧。你自己作的，能怪谁呢？我只能无奈一笑，听得太多已不再解释。要是胡吃海喝还好，我总有个追究的源头，我总有个改正的方向，而现在我只能怪罪于DNA，那个你无法改变的DNA，于是我写下了很悲观的文字：你的很多努力，在DNA面前一无是处。

妻子让我乐观一点，让我想想因为今年的疫情，多少人失去了生命，又有多少人比我更年轻就得上这种疾病，很多人不都是乐观地活着。而我总是不愿采用这种“比惨”的方式宽慰自己，我执拗地认为：通过这种“比惨”我得不到救赎，别人比我更惨或者身残志坚，似乎对我而言只是精神麻药，麻药失去药效最终还是要疼。

以前的我，本就是多愁善感之人，自此我更是难以完成自我的逻辑自洽：难道我活着，只是为了挣钱防止以后自己买不起药？而终有一天我也害怕自己觉得自己毫无价值。我害怕有一天我会一意孤行地决定留下我拼来的房子给妻子孩子，不再为活着折腾下去，离开这个我热爱的无奈的世界。而爱情、亲情又怎么办？

盼您回复这个对于您恐怕都很难的问题（因为我看了很多您的文章，涉及此类话题的回复几乎没有，这或许不能算是一个情感问题了，而是一个哲学问题）。这不是激将，而是来自一个不合格的忠实粉丝的殷切盼望。

谢谢！祝您和连太安好！

玻璃杯

* * *

玻璃杯：

我来尝试一下这个很难的问题。

人活着为了什么？这本质上还是一个情感问题。从哲学的角度看，人就是一堆原子，死了它们散掉，聚合成别的物体，如此而已。在物质上，人是不灭的，消失的只是一个人的情感，我们爱的人成为离散的原子，再也无法回应我们，这让我们伤感。

某种程度上，人一生主要的目的，其实是好情感的输出，让自己爱的人活得更好一些。一个人身上有多种爱，爱自己的配偶，持久而排他；爱自己的孩子，权重最大，但可以及于他人的孩子；爱一切值得爱的人。即使这爱像露水一样广泛而短暂，比如我们这次交流，毫无疑问，我们是相爱的，我迫切地渴望自己短短的文字能给你带去一点好心情——能否做到，我不知道，但努力去做，是我的责任所在。

我们追求更多知识、更多财富、更多时间，就是为了更好地行使这个责任，不让爱自己的人失望，也更有能力解除所爱之人的困扰。不然，我们为什么要去获得呢？得到的一切，享用的时间极短，利也罢，名也罢，转眼成空，再大的人物，时间一长，就在记忆里消失。可我们要努力去获得这一切，因为这可以保护我们所爱的人。能力越大，我们给的爱就越多，甚至可以惠及全人类。所以，古圣先贤，不认识我们，但他们爱我们。发明新技术、新药的人，实际上也在爱我们。

爱之责任，具体到你身上，就是要有乐观的心态及强烈的求生欲；挣更多的钱购买好医疗；为自己争取更多时间，等候医疗技术随时可能的进步。因为这样的你可以让妻子不再“身心倦怠”，能给她力量。否则，她看着自己爱的人崩溃，一筹莫展，所受的打击不亚于你。

人生给每个人的任务不同，每个人表达爱的方式也不同。你艰巨一点，通过不被疾病击溃意志；我轻松一点，只是写写文章。但愿我们日复一日，总是能够尽责。

祝开心。

连岳

美人大忌

连叔：

我是一个正在考研的大四学生，也是您的忠实读者，最开始是我男朋友把您的好思想推荐给我，自此几乎您每一篇文章我都有拜读，深深地被您的思想魅力所折服。最近我在考研和生活的路上遇到了一些烦心事，想听听您的意见。

我和男朋友都是农村普通家庭考到郑州读书，他去年本科211大学毕业直接参加工作，月薪七千块，因为想早些赚钱养家，并尽快在郑州买房娶我。他是一个工作很努力认真的人，也很聪明，朋友很多，也很支持我考研提升学历，好以后从事教师相关岗位不那么辛苦。他和我是同乡，但就是家境不是很好，长相中等，身高一米七四。

再说说我，长相自认为7.5分，身材身高都不错，在有男朋友之前身边从来不乏追求者。但我极少接受别人的爱意和礼物，跟男朋友在一起后和他一起认真规划未来，主动拒绝所有异性。我很爱我男朋友，男朋友也是眼里只有我。按理说我们会这么平淡而幸福地走下去，直到我最近遇到了一个我“不太喜欢”的女生A。

A颜值身材大概7.5分，比我会打扮。她是那种极度聪明的人（我是这样认为的），在其他城市有一个很爱她的男朋友（也很帅气），在我们考研班也有一个男生一直对她随叫随到，有求必应。平时饭有人买，衣服有人收，水有人打……任何琐碎的事都有这个考研班的男生帮她做，而这个男生也有自己的女朋友，他们也都知道彼此的情况。但在旁人眼里，他们两个就是情侣。

平时有想要的名牌鞋子名牌化妆品只要她直接和男朋友说，也能很快拥有。与此同时，她也从不拒绝甚至主动接触其他男生，在我眼里她真是最大化地发挥出自己的性别优势，还有很多很多事例……

她的聪明能让她准确地处理好男朋友和其他异性之间的关系，让他们在各自的轨道里运行，且持续对她好，从不同的男生那里获取陪伴、爱、金钱，以及偶尔奢侈的鞋子、衣服、包包。她的这些行为，在以往我的价值观里是不允许的，但和她接触时间久了，心底的阴暗面让我很矛盾痛苦。我接受不了她的价值观，但不得不承认我有羡慕她的成分。很矛盾是不是这样的女生总是比中规中矩安安分分的女生过得好且得到的更多？我甚至不希望她考得比我好，但又打心底里觉得她这一生会过得比我好很多，至少在世俗的眼光里。

连叔，我知道我这样想有不对的地方，我男朋友之前知道我有这样的同学，也一直劝我合理远离。作为您的读者，我实在接受不了自己心底丑陋的一面，可又总忍不住地去想这些事情，我该怎么办？

沉默

* * *

沉默：

你想利用自己的美貌，换取一些好处。这对年轻人来说，确实是个诱惑，得来太容易了，有意地释放一下魅力，给点暗示与希望，就有人献殷勤，给小恩小惠。

年轻，收入还低，消费欲望又强，包包衣服之类的，看得很大，其实都是一些小利。你以为靠这些小利可以过好一生，这是误算。人生天天收这些小利，累加起来，也没多少钱；再说了，美貌消失得很快，人不可能一辈子卖弄风骚。年轻姑娘（小伙）不幸染上这个毛病，到了中年以后，只剩卖弄的习惯，再无卖弄的资源，人生路反而非常难走了。

孔夫子早说了，为政要防止两个错误：一是想走捷径，二是贪小便宜。这是人性的弱点。对聪明貌美之人，这个弱点加倍放大。笨人、长相普通之人，想犯这两个错误，也没什么机会，反而容易踏踏实实长本事。短期看，是前者占便宜，但长期看，孔夫子指出了后果：欲速则不达；见小利，则大事不成。为政与为人是一样的，这两个错误都不能犯。

爱美之心，人皆有之。美人总是会受到更多的关照。与此同时，也有更多的误解和抹黑在等着。贪小便宜，收了不该收的钱与物，你的其他努力很容易被抹杀，人们给你贴上“出卖色相”的标签，你百口莫辩。在世俗的眼光里，你钱多官大，光鲜亮丽，当然高看你一眼，多奉承你几句。你可能还不知道，世俗的眼光，也有残酷的一面：你经不起挑剔，墙倒众人推。一个人落入这种舆论陷阱，太辛苦了。

美人能保护自己的美，人美心善，那美是加分项。美人浪费自己的美，靠美贪点小便宜，信用缺失，专业稀松，美反而变成障碍。你还美时，人家小瞧你的美，给个仨瓜俩枣，你就得陪笑陪玩；你不美时，你努力也来不及了，你努力也没人在乎了。这样的人生，怎么会有意思呢？

祝开心。

连岳